D0117889

Un calor tan cercano

Maruja Torres

Un calor tan cercano

ALFAGUARA

© 1997, Maruja Torres
© De esta edición:
1997, Santillana, S. A.
Juan Bravo, 38. 28006 Madrid
Teléfono (91) 322 47 00
Telefax (91) 322 47 71

• Aguilar, Altea, Taurus, Alfaguara S. A.
Beazley 3860. 1437 Buenos Aires
• Aguilar, Altea, Taurus, Alfaguara S. A. de C. V.
Avda. Universidad, 767, Col. del Valle,
México, D.F. C. P. 03100

ISBN: 84-204-8212-9
Depósito legal: M. 15.385-1997
Impreso en España - Printed in Spain

Diseño:
Proyecto de Enric Satué
© Ilustración de cubierta:
Fotomontaje de Juan Pablo Rada sobre un dibujo
de Fuencisla del Amo y fotografías de Joan Colom
y Català Roca.

© Foto: Quim Llenas

PRIMERA EDICIÓN: ENERO 1997
SEGUNDA EDICIÓN: FEBRERO 1997
TERCERA EDICIÓN: MARZO 1997
CUARTA EDICIÓN: ABRIL 1997
QUINTA EDICIÓN: MAYO 1997

A mi hermana Carmen,
el lujo de mi vida.

Verla es un cuadro —
oírla es una melodía —
conocerla una intemperancia
inocente como junio —
no conocerla —una aflicción —
tenerla de amiga
un calor tan cercano como si el sol
brillara en la mano.

EMILY DICKINSON, *Poema 1568*
(Traducción de Silvina Ocampo)

Lo que sigue es una invención. El paisaje que se describe existió, pero ha sido modificado por la memoria. Los personajes que en él se mueven nunca vivieron, aunque hubieran podido hacerlo. Las experiencias que se narran tampoco tuvieron lugar, pero sería algo arriesgado afirmar que se deben sólo a la imaginación de la autora: son fruto también de los sentimientos, las emociones que, en algún punto de aquel paisaje y en algún rincón del tiempo, alguien sintió. Los sentimientos fueron y son reales.

1987, otoño

Anoche recibí dos llamadas. Una, de Barcelona. La otra, de Aix-en-Provence. Así es como la vida te agarra por los pelos.

Ningún aviso en las horas precedentes. Ningún presentimiento, salvo que ahora, con lo que sé, me atreva a definir como premonición de lo que ha empezado a sucederme la avasalladora nostalgia de humedad —de mar, de árboles preñados de lluvia, de grises apacibles— que me segó el aliento a media tarde. Salía de la editorial, bailándome aún en la cabeza los ecos de la reunión en que habíamos decidido la fecha de aparición de mi próximo libro, cuando la seca realidad del otoño castellano se hizo evidente de improviso, como todos los años. Con su brusca fanfarria de colores exactos: un redoble de otoño, breve y chillón, soberbio, pero apenas un reflejo de una estación que pasa por Madrid sin detenerse. Así que añoré, como todos los años, los mórbidos otoños de mi ciudad, el descenso sin sobresaltos hacia el invierno que se produce al norte del Mediterráneo, encabalgado en una serie de días acuosos, minerales, en los que Barcelona huele a óxido y a sal, y el aire, de siempre acolchonado, se densifica aún más para oponerse a la penetración de los extremos. Pero no fue un presentimiento, sino la habitual melancolía del agua a que me entrego cuando se anuncia el clima de cuchillos de la meseta.

La primera llamada, aunque me trastornó, me encontró dispuesta. Hace bastante tiempo que vengo calibrando, considerándolo desde el punto de vista práctico —nunca desde el emocional: soy experta en neutralizar los sentimientos no resueltos antes de que se instalen en la boca del estómago—, que un día u otro tendré que pasar por el trámite de enterrar a mi madre.

La segunda era de Jaime Sóller, un escritor de novelas policíacas, como yo, con el que no he tenido más contacto que el superficial, aunque frecuente, de coincidir en simposios, en cenas literarias o firmando libros en una feria. Hubo algo más, sin embargo. En cierta ocasión —íbamos en el ascensor de un hotel, camino de nuestras respectivas habitaciones, bastante cargados de copas tras el festejo final— nos asaltó una inesperada calentura que intentamos prolongar inútilmente, con cabezonería de beodos, cuando el malentendido nos depositó en su cama. Nunca más pensé en ello.

El episodio regresó a mi memoria anoche, intacto, cuando se identificó, pidiéndome perdón por telefonearme a las dos de la madrugada. Su voz gangosa evidenciaba la torpe audacia del borracho insomne, y al escucharla recordé de golpe su lengua ardiente de ginebra irrumpiendo en mi

boca anestesiada por el whisky —sabores que mez-
clan mal, ebriedades opuestas—, y volví a sentir su
mano, que forcejeaba con mis panties en el anti-
cuado ascensor que apestaba a moho. Al oírle, anoche, le deseé con una ferocidad que nada tenía que
ver con él, ni conmigo. La muerte me da siempre
ganas de joder. Quizá por eso escribo novelas policíacas, con un asesinato cada dos capítulos. Por eso
y porque no sé escribir sobre personas de verdad
que cometen o padecen crímenes cotidianos.

Encendí un Ducados y respondí con mo-
nosílabos a las balbuceantes explicaciones de Sóller, en espera de que retrocediera el deseo. Me
senté en la cama, junto a la bolsa de viaje a medio
llenar, y le dejé hablar. Tras reprocharme mi ausencia en la Semana de Novela Negra en Aix-en-
Provence, y alabar los encantos de la ciudad y sus
virtudes gastronómicas, se perdió en un prolijo chis-
morreo acerca de nuestros colegas, y esbozó, a continuación, un comentario crítico más brillante que
vitriólico, sobre el fallo del jurado. Mi parte práctica se removió de impaciencia, pero la bolsa estaba
allí, tenaz recordatorio del viaje que iba a empren-
der, y la sedante banalidad que forma parte de mi
mundo, recobrada gracias a las palabras de Sóller,
hacía que me sintiera momentáneamente segura.
Su charla desplazó el deseo, igual que éste había en-
mascarado antes la ausencia de dolor, o el dolor de
no experimentar dolor alguno, que es un sentimiento que martiriza el cerebro mientras deja intacto el
corazón.

—Me ha pasado una cosa —dijo, por fin—. He pensado que tenía que contártelo. Ayer se me acercó una mujer que asegura conocerte y quiere que te pongas en contacto con ella. Una preciosidad de señora, cincuenta y tantos, quizá más, pero no los aparenta. Mucha clase, entre Audrey Hepburn en *Robin y Marian* y Ann Bancroft en *Paso decisivo*. Y un toque de Thelma Ritter. Mucha clase y algo de descaro. Tiene una forma de ponerse en jarras...

Sóller, como yo, pertenece a una generación de escritores marcados por el cine.

—¿Y qué? —corté, para impedir que siguiera divagando.

Aunque quería que siguiera divagando, llenando las horas que faltaban hasta la salida de mi avión.

—Al principio creí que era una fan psicópata, de las que matan si no se ven correspondidas.

—*Play «Misty» for me,* y yo, de Clint Eastwood.

—Exacto. Manuela, tenemos que ir al cine un día de estos.

La idea de que mi madre no volvería a ver una película abrió un vacío a la altura de mi diafragma. Pero no era dolor, sólo una sensación de frío, acompañada por una imagen precisa: las dos, juntas, viendo *Mujeres,* en el antiguo cine París, la noche en que nos abandonó mi padre. Vamos, me dije, no irás a compadecerte por quedarte huérfana a los 45. Respiré hondo.

—Bueno, ¿es una chiflada o no?

—Tiene una foto dedicada por ti.

—Será de las que manda la editorial, firmada por una secretaria que imita mi letra. No conozco a nadie en Aix-en-Provence, nunca he estado ahí. Y no se me ocurre ninguna francesa que se acerque a tu descripción.

—No es francesa, sino española. Y en la foto estáis las dos, aunque la que menos ha cambiado es ella. Tú no tienes más de diez u once años. La fecha viene en el dorso, 1954. Te tengo pillada, como pretendas mentir sobre tu edad.

Anoté el teléfono y el nombre sin que me temblara el pulso. Cuando colgué el auricular, arranqué la hoja del bloc y la doblé en cuatro, antes de introducirla en un bolsillo de la gabardina que pensaba llevar conmigo. No había consultado la información climatológica, pero estaba convencida de que en Barcelona llovía. Acabé de llenar la bolsa, cerré la cremallera, puse la gabardina encima y me tumbé a esperar sin pensar.

Ésta es la forma en que me suelo manejar: escondo lo importante en compartimentos estancos y antepongo una idea única, placentera, a la que me puedo aferrar. Volvía a mi ciudad para encontrarme con la lluvia. Luego enterraría a mi madre, y, por último, tomaría una decisión respecto a la información contenida en el papel. Convoqué imágenes lluviosas, jugué con ellas, las mezclé. Baldío esfuerzo. Las dos llamadas se fundían en un único significado, y nadie —menos que nadie,

yo, que soy novelista— podía eludir las posibilidades dramáticas abiertas por su coincidencia en el
tiempo. Ya he dicho que, a veces, la vida nos agarra por los pelos. Ahora sabía que tenía que seguirla hacia donde, por miedo o por cautela, nunca
quise ir, y que mi viaje no se limitaría a volar entre
dos aeropuertos.

Cuando llegó la hora pedí un taxi. El conductor se pasó el trayecto mirándome llorar por
el retrovisor, pero no hizo ningún comentario.
Sólo cuando me dio el cambio, se atrevió:

—Que no sea nada —dijo.

No contesté. No podía. El llanto es una
forma de expresión a la que no estoy habituada.
No desde hace muchos años. Y no controlo, todavía, su reaparición, de la mano de tantas otras
cosas. Volvió el llanto a mí, a trompicones, desordenadamente, sin la cadencia previsible con que
lloran quienes poseen el don de licuar sus aflicio-
nes, sin la armonía con que suelen recorrer las su-
cesivas etapas, pasando de las primeras lágrimas
al gemido, luego al sollozo liberador, que de forma
inevitable desemboca en suspiros y en una especie de consolador abotargamiento. Sé cómo es,
aunque no sé llorar, porque he dedicado muchas
horas a observar el llanto de la gente.

En mis novelas, los parientes de las víctimas lloran muy bien, incluso cuando son los asesinos.

1954, primavera / verano

—Éste es un mundo de avivados y de otarios —dijo Ismael.

Buena parte de sus conocimientos filosóficos los extraía mi tío de los tangos, a los que era casi tan aficionado como a la ópera.

—Caraduras listos y buenos tontos —insistió—. Eso es todo.

La voz del tío me llegaba desde arriba, imponiéndose al pedaleo de Mercedes, mi madre, en la máquina de coser y a los habituales suspiros de resignación que su hermana, la tía Amelia, esposa de Ismael, dejaba escapar entre dos pespuntes.

Ismael era sastre y cosía para la gente del Barrio, más que nada haciendo composturas de viejas prendas y buzos de trabajo, aunque en algunas ocasiones, tan pocas que podía evocar los detalles que rodearon cada una, le encargaban un traje, casi siempre para una boda, pero ni siquiera entonces cobraba bien y a la hora, porque los vecinos eran tan pobres como él mismo. Un día le pagaron con un pollo vivo. Tardé semanas en reponerme de la impresión que me produjo ver al tío, que de ordinario era bondadoso con los animales, rebanarle el pescuezo con un cuchillo de cocina. Lo hizo con tan poca maña que el pollo se pasó un buen rato corriendo por el piso con la cabeza colgando de un tendón, en medio de un alboroto y dejando tras de sí un reguero de sangre.

A temporadas, Ismael trabajaba también, a tanto la pieza, para una sastrería situada al otro lado de la Rambla, es decir, al otro lado de la frontera norte del Barrio. Una vez por semana le acompañaba a entregar la faena a un patrón malencarado que apenas levantaba la vista para rebuscar en el cajón, con desgana, algunos arrugados billetes de cinco duros. El tío volvía al piso de la calle de la Unión maldiciendo —y la máxima sobre avivados y otarios que se reparten el planeta salpimentaba su soliloquio—, pero aquel breve recorrido por la Rambla enriquecía mi educación sentimental.

Ismael efectuaba dos paradas en mi beneficio: ante los carteles de la fachada del Gran Teatro del Liceo —para ilustrarme sobre el contenido de las óperas que esa temporada iban a representarse y, de paso, mencionar anécdotas ligadas a su experiencia personal con ellas—, y en la Librería Salas, en donde charlaba un rato con el propietario, y de donde acababa saliendo con unos cuantos volúmenes alquilados bajo el brazo —gruesos libros para él y un cuento para mí—, y unas pesetas menos en el bolsillo.

Tal como yo le recuerdo, aquella primavera del 54 Ismael debía de tener unos 45 años, olía a jabón de afeitar y a nicotina, y mandaba en las dos mujeres —o eso creía yo—, y en mí misma, como el capitán sobre la tripulación de un barco. Desde que mi padre, un alcohólico de reacciones violentas, nos abandonó cuatro años atrás, la serena masculinidad del tío aportaba un elemento compensador a la devastación que sacudió mis primeros siete años, al tiempo que aliviaba la espesa atmósfera de resignación y rencor que imponían las hermanas. Como en una obra griega mal aprendida, mi madre, que había cumplido apenas los 36 cuando mi padre se fue, desterró de su parco guardarropa todo color relacionado con el optimismo y, absorta en una monotonía de negro, grises, pardos y azul marino, guardó en adelante inmerecido luto por el fin de una unión que sólo le había procurado sinsabores, a la par que, para mi estupefacción, su espíritu se oscurecía. Yo respondí con alivio a la partida de mi padre —a quien las mujeres se referían llamándole el Paisano, porque era de un pueblo de Murcia cercano al suyo—, sin entender que la liberación traía consigo un monstruo tan temible como el anterior: el cultivo de la idea del abandono como pilar central de una vida. Aunque sólo le sacaba tres años, Amelia ejercía un control absoluto sobre mi madre. Fue ella, por lo que sé —y aunque no lo supiera: conociéndolas, no albergo la menor duda—, quien empujó a Mercedes a embarcarse en un mal matrimonio. Cuando éste naufragó del todo, mi madre consideró natural ampararse bajo su manto, en un movimiento más, inevitable, dentro de la estrategia de repliegue de una mujer acobardada en una época difícil.

Todo esto lo elaboré mucho más tarde, cuando ya había adquirido un poco de experiencia y algo del sentido del humor que me faltó de pequeña, pero aquella niña que permanecía la mayor parte del tiempo escondida debajo de la mesa era sólo el confuso recipiente en donde los adultos dejaban caer sus emociones.

Acurrucada en el hueco que quedaba entre la gran tabla rectangular en la que trabajaba Ismael y la tarima inferior que servía para almacenar género, encogida para no darme en la cabeza con los cajones en donde el tío guardaba sus útiles de trabajo —tijeras de varios tamaños, tiza, una cinta métrica flexible y desgastada, retales, rollos de entretelas, reglas y escuadras: objetos maravillosos con los que, a veces, me dejaba jugar—, yo aún observaba el mundo a ras de suelo: las zapatillas de paño, a cuadros marrones, de mi tío, los pies menudos de mi madre, enfundados en calcetines, y los de tía Amelia, que emergían de unas deshila-chadas pantuflas. El piso de la sala —que hacía las veces de comedor, bastaba extender un hule a cua-dros sobre la mesa del tío— estaba revestido con descoloridas baldosas que reproducían un dibujo de tulipanes. Cada loseta tenía en los ángulos un cuarto de tulipán, pero sólo en un rincón apare-cían bien encajados y podía admirarse la flor entera. Eso ocurría en el preciso lugar ocupado por la máquina de coser, y semejante prodigio —el he-cho de que los dibujos del suelo armonizaran— me parecía una señal que evidenciaba las propiedades mágicas de aquella parte de la sala, a las que el tío se solía referir con toda seriedad:

—Cuando la guerra, los anteriores inqui-linos se salvaron de las bombas poniéndose ahí —decía, señalando la Singer—. El día que esos malparits tiren otra vez la atómica lo probaremos.

Seguramente, la mía era la única familia del Barrio que se refería a la Bomba con tanta na-turalidad, como si se tratara de un peligro asumible y cercano. Para las hermanas constituía, además, un arma de coacción de primera magnitud, infi-nitamente superior al hombre del saco e incluso a la amenaza de ponerme a trabajar en una fábri-ca antes de cumplir los catorce.

—Anda, abre la boca o te quedarás igual que los niños de Hiroshima —apremiaban, tra-tando de que desencajara las mandíbulas para introducirme, hasta la garganta, una cucharada sopera de Emulsión Scott, que yo acababa por engullir porque había visto los resultados de la desobediencia en los No-Dos que pasaban en los cines del Barrio antes de las películas.

Mi familia se enfrentaba a problemas más inmediatos, como la pretensión de comer todos los días, pagar los plazos de la ropa y reunir el dinero necesario para cumplir el ideal del tío —él y Amelia no habían tenido hijos— de mandarme a un colegio de verdad. Hasta entonces sólo había acudido, a salto de mata, a sórdidas academias del Barrio, de las que únicamente me quedaba el recuerdo de patios internos que olían a rancio tanto como mi casa, y de alguien pomposamente llamado «director», que me sentaba en sus rodillas y me tocaba los muslos para reñirme por la escasa pulcritud de mis cuadernos de deberes, de modo que tardé bastante en comprender que las libretas mugrientas y los sobos inesperados no guardan relación alguna.

El placer de adquirir conocimientos lo recibí, como casi todo, de mi tío Ismael, de los cuentos que alquilaba y las historias que solía narrarme. Antes me había hecho el mejor regalo que jamás tuve, porque me enseñó a leer y escribir, y no pasaba día sin que revisara mis progresos y se empecinara en mejorar mi letra encrespada, haciéndome copiar hasta la desesperación su frase favorita: «La verdad flota sobre el error como el aceite sobre el agua».

¿Por qué el error y no la mentira? Quizá porque, para Ismael, mentir era sólo una deci

sión periférica que apenas modificaba la equivo-
cación fundamental que abarcaba toda una vida.
Cuando la escritura se convirtió para mí en ley
de pesos y medidas, en un catalizador capaz de
separar el agua y el aceite, la aplicación de su disciplina puso fronteras a mi necesidad de relatar
en bruto, y ordenó mi confusión. Por debajo del
perfecto entramado serpentea, sin embargo, una
malévola anarquía, el ojo de lo incomprensible
siguiéndome desde el lado más oscuro. El error
que casi siempre nos conduce, que casi siempre
nos alcanza.

Si bien nunca dejamos de comer caliente,
como las mujeres remarcaban con orgullo, la habilidad del tío con la aguja y la laboriosidad de sus
ayudantas sólo cubrían la mitad de nuestras nece-
sidades en el vestir, y más de una vez asistí con
angustia a las minuciosas discusiones que tenían
lugar antes de que me mandaran a la cama —después de escuchar en el boletín de la radio las ma-
quinaciones de los mal paridos de fuera y dentro
que, según el tío, tanto abundaban—, y en las que
el uso del nombre del señor Floro no dejaba lugar a
dudas acerca del objetivo de la conversación. Porque el señor Floro tenía en el Barrio un doble negocio de usura. Por un lado, vendía a plazos telas
para confección, así como toallas, sábanas y ropa de
casa en general y, por otro, prestaba dinero en si-
tuaciones de apuro, y en ambas actividades exigía
intereses tan altos que, al verse obligado a recurrir
a él, Ismael maldecía más de lo usual.

Sólo hubo una noche en que las voces, al referirse al señor Floro, se cargaron de escandalizada piedad. Yo disfrutaba de mis últimos momentos de intimidad bajo la mesa, antes de ir a acostarme —tenía que dormir medio incorporada para que mi tos bronquítica, más violenta que de costumbre aquella primavera, no me asfixiara—, cuando escuché por segunda vez en mi vida la palabra suicidio, esta vez seguida de la frase «deudas de juego», que no pude entender, y una gráfica descripción de cómo la hija del señor Floro había encontrado el cadáver:

—Desnudo y colgado de una viga, y, encima, a la hora de la comida, pobreta —observó Amelia.

Yo ya sabía que había una forma personal de morir sin paz, porque la tragedia de un pariente de la rama materna, el tío Olegario, había sido ampliamente comentada en casa pocos años atrás, así como el consiguiente extravío mental sufrido por su viuda, una difusa mujer llamada Hortensia que tenía una verruga con un punzante pelo negro sobre el labio superior, y que vagaba por los mercados con una botella de Anís del Mono en el capazo desde que el tal Olegario, para librarse de «un mal malo» —otra expresión misteriosa que se usaba mucho en la época—, puso la cabeza en la vía cinco minutos antes de que pasara el expreso procedente de Sevilla.

—Qué mala pata que ese día el tren llegara puntual —recalcaba invariablemente Amelia, cada vez que rememoraba el suceso.

Amelia mezclaba el peculiar sentido práctico de sus comentarios con un comportamiento de mosca cojonera, sobre todo con el tío. Cuando quería exasperarle, abandonaba bruscamente la costura, enfilaba por el pasillo sin dejar de murmurar y, ya en la cocina, removía los cacharros hasta sacar a Ismael de quicio, por el mero placer de orquestar su malhumor con un estrépito de cacerolas.

Aquella mañana, acorralado por el reducido pero contundente lenguaje con que la mujer mostraba su enojo, el hombre no tardaría en responder. Como yo tenía el hábito de captar los más endebles signos que podían anticipar cambios de ánimo de los que tendría que ponerme a salvo, me preparé para la reacción del tío.

Podía ocurrir que Ismael desembocara en un arrebato de cólera, guardando rudamente sus enseres, y la cima de semejante estallido sería su deserción, cerrando tras él la puerta con un golpe seco que haría temblar las baldosas sueltas del pasillo, en cuyo caso nadie me libraría de quedarme como rehén de la frustración de las mujeres. Por fortuna, esa vez el tío colocó cada objeto en su sitio con meticulosidad, limitándose a silbar entre dientes, y su actitud precedió al anuncio que estaba esperando para abandonar mi escondite:

—Au, vamos a escampar la boira.

La alternativa se abría, a su vez, en varias posibilidades, y todas ellas aceleraban mi pulso mientras saltaba de dos en dos los escalones, según Ismael decidiera perderse en una dirección u otra.

Cuando, por el contrario, el tío me dejaba en casa, las mujeres se las apañaban para poner en práctica sus torturas psicológicas. La más común, ahora que ya no me intimidaban sus fábulas, consistía en sitiarme a preguntas para sonsacarme adónde iba realmente Ismael, en sus escapadas. Formaban un dúo de acoso muy bien entrenado, se turnaban para interrogarme, inventaban ardides para confundirme, aparentaban bajar la guardia con el fin de que me confiara y acabara cometiendo una indiscreción. Sus argucias, encaminadas a obtener información sobre qué lugares frecuentaba Ismael, y a quién veía, no se planteaban nunca frontalmente, sino mediante lo que ellas llamaban «indirectas», invocando testigos —vecinos, parientes— que nos habían visto en tal sitio o tal otro. Pero yo tenía una memoria prodigiosa y había tejido en torno al tío una perfecta malla protectora, a base de entrelazar historias, de inventar motivos, de detallar paisajes. Aprendí a narrar y a no contradecirme y, después de todo, aquellas agobiantes sesiones me resultaban mucho más livianas que los cuentos con que me aterrorizaban cuando era más pequeña. El cuento

del oso y la pandereta era el peor, y se desarrollaba aproximadamente así:

Sentadas en la sala, dale que te pego a la
aguja y la tijera, Amelia y Mercedes se embar-
caban en un relato que tenía en mí a la figura
principal, y en ellas a las víctimas de mi mal comportamiento.

Era una perfecta representación de sa-
dismo:

—¿Te acuerdas de aquella vez que Manue-
la (ésa era yo) se portó mal porque no quería comer-
se la sopa (aquí podía introducirse cualquier va-
riante propia del presente o el pasado cercano: no
ha querido contarnos adónde ha ido con el tío, se ha
quedado con los céntimos del cambio de comprar
leche, se ha hecho pipí en la cama, etcétera)?

Era Amelia quien empezaba.

—Sí, Manuela se portó muy mal —la alentaba mi madre, en plan comparsa.

—Y entonces tú te quedaste ciega y no
pudiste seguir cosiendo y acabasteis durmiendo
en un portal.

Yo me ponía a temblar.

—Mamá, no, tú ciega, no —suplicaba.

Sin mirarme, las mujeres proseguían, con
regocijado tremendismo.

—La gente que se queda ciega tiene que
pedir limosna, tiene que ponerse en una esquina
y esperar que le den algo, cantando «Una limos-
nita por amor de Dios» —entonaba la tía—. A ver
cómo lo haces, Mercedes.

—U-na-li-mos-nita-por-amor-de-Dios —canturreaba mi madre.

Para entonces, yo estaba llorando a lágrima viva.

—Creo que en la Rambla encontrarías un buen sitio —apuntaba Amelia—. Te darían calderilla.

—Sí, en la esquina de la iglesia de Belén —decía mi madre—. Para que nos viera la gente al salir de misa o de rezarle a la virgen del Carmen.

—No, yo no, yo no quiero pedir limosna —berreaba, suplicante.

—Manuela es una mala hija que no quiere pedir caridad para su madre ciega. Tendrás que ir con un oso —Amelia no podía disimular la risa.

—¿Un oso? —les preguntaba, como una idiota.

—Sí, un oso amaestrado que tocaría la pandereta, y toda la gente se detendría a mirar a la pobre ciega que tiene que pedir limosna con un oso porque su hija es tan mala que no quiere pedir con ella en una esquina de la Rambla.

Vencida, accedía por fin a acompañar a mi madre en su desdicha, y Amelia, implacable, añadía:

—Pero tendríais que dormir al raso. Y en invierno seguramente os congelaríais.

—Sí —decía mi madre—. Como los pajaritos, que en invierno se mueren porque los árboles no tienen hojas para abrigarlos.

El juego solía concluir bastante antes de que volviera el tío, para que me diera tiempo a reponerme del disgusto, pero en una ocasión él me encontró desconsolada y, cuando se lo conté, se puso rabioso.

—Bandarras —bramó—. No tienen otra cosa con que entretenerse. Tranquila, hija, que esas dos no se quedarán nunca ciegas, ni mudas.

—Pero los pajaritos sí que se mueren, ¿no? —hipaba yo.

—Los pajaritos emigran, Manuela. En invierno se van a otros sitios en donde hace calor y la gente está en la playa. Cagondeu, como te vuelvan a enredar les voy a dar una hostia.

Siguieron haciéndolo, porque lo que pensara el tío no les importaba, hasta que comprendieron que estaba demasiado crecida para asustarme y cambiaron de método, sustituyendo aquellos relatos tremendistas de las desgracias a que nos veríamos abocadas, nada más que por mi culpa, con nuevas prácticas inquisitorias acerca de las andanzas de Ismael.

El piso de la calle de la Unión no era grande ni pequeño, aunque suficiente para nosotros cuatro, lo que representaba mucho en un Barrio en el que la mayor parte de la gente vivía arracimada, muchas veces en condiciones de realquiler con derecho a cocina, que era como habíamos vivido, por lo que recuerdo, cuando éramos tres, mientras duró el matrimonio de mis padres. En casa de Ismael teníamos, además de la sala, una habitación grande, la de los tíos, que era la única con ventana. En otra habitación, de tamaño mediano, con un ventanuco que daba a la escalera, dormía mi madre, y en la pequeña lo hacía yo, en una cama turca. Luego estaba la cocina, estrecha y alargada, con fogones que primero funcionaron con carbón y en algún momento que no puedo recordar fueron transformados a gas, un fregadero de granito y un lavadero del mismo material, en el que se hacía la colada y también nos lavábamos por partes. Había, por último, un pequeño cuarto con el inodoro, que se encontraba dentro de una especie de caja de madera, con tapa redonda, y lo llamábamos comuna. Estas piezas se organizaban a ambos lados de un pasillo que empezaba en un pequeño recibidor y desembocaba en la sala, que era lo mejor, porque tenía un balcón grande que daba a la calle.

Parece un espacio de fácil utilización, pero Amelia, mediante una ingeniosa disposición de obstáculos, había conseguido reducir la superficie habitable. Cuando mi madre y yo nos fuimos a vivir con la tía —cuando ella «nos recogió», como le gustaba decir, presumiendo, al hablar con extraños— lo que más me sorprendió fue la cantidad de lugares intocables a los que sólo Amelia, y después Mercedes, con permiso suyo, podían acceder. Resulta increíble, pienso hoy, que la barrera que dejaba su territorio fuera de nuestra incumbencia no estuviera hecha de muros o rejas ni clausurada con cerrojos, sino a base de bultos amontonados que, en algún caso, inutilizaban toda una pared, cubiertos por una simple tela —pañuelos de faena cosidos, una sábana o una manta vieja—, y que se reproducían en cada habitación. La excusa era la falta de armarios, pero lo que allí debajo había, por lo que en alguna ocasión pude fisgar fragmentariamente, eran trastos inservibles, todo tipo de desechos que Amelia acumulaba como un trapero avaricioso, pienso que, más que por afán de posesión, por su voluntad de apropiarse de tanta superficie como pudiera, para ejercer un dominio absoluto. Los bultos camuflados estaban en todas partes: en la sala, en los dormitorios, en el pasillo. Y hasta en la cocina, en donde en la cavidad destinada al horno, debajo de los fogones, se amontonaban artilugios de los que no se podía prescindir, aunque nunca se usaban.

La forma en que Ismael toleraba, sin una queja, que su casa se convirtiera en prisión me empujó también a mí a una pasividad formal que, en adelante, me ha incapacitado para las rebeliones frontales. Su dejación ante el asalto de la fealdad en que su mujer parecía complacerse, su aceptación de aquella perseverante desidia que desterraba cualquier posibilidad de bienestar compatible con la pobreza, su indiferencia ante el desaliño, su capitulación, en suma, yo la percibía como una argucia suya, una especie de pacto con el entorno que le permitía mantener activa su libertad interior.

Ahora entiendo que, para Ismael, aquélla era una derrota menor, apenas una consecuencia molesta del hecho de haberse tenido que casar con una mujer a la que no quería, con quien nunca compartió nada y por la que jamás experimentaría siquiera compasión.

Los paseos que daba con mi tío, sobre todo aquellos que tenían su origen en una disputa conyugal, eran como velos rasgados que me acercaban a una visión menos sórdida del Barrio. Mientras las mujeres se movían en un limitado terreno que incluía las tiendas en donde hacían la compra, el piso del señor Floro y las regulares visitas a una pléyade de parientes cuyos avatares alimentaban sus charlas, en recintos que reproducían apenas sin variaciones el ámbito de su casa —la falta de luz natural, el exceso de gente en habitaciones pequeñas y mal ventiladas, los retretes desinfectados con zotal, los lavaderos con su previsible pastilla de jabón Lagarto—, Ismael me conducía a un paisaje que trascendía la realidad, aun cuando a veces se encontrara a la vuelta de la esquina. Allí la pobreza quedaba sepultada por algo que yo no podía reconocer, pese a que estaba recibiendo su semilla: la fantasía con que otros perdedores en las mismas batallas mitigaban su aplastante rutina.

El Barrio, que limitaba al norte con la doble hilera de añejos plátanos de la Rambla, se perdía en sentido opuesto en un laberinto de hediondas callejuelas cuajadas de ropa tendida a la que nunca llegaba el sol, rematadas por la bulliciosa avenida del Paralelo y, más arriba, por las

cuestas del Pueblo Seco, llenas de críos que jugaban y bendecidas por la proximidad de Montjuich, a cuyos pies el aire, al menos, era más generoso.

Desde que se perdió la guerra y durante
décadas, las calles de Barcelona tuvieron que re-
nunciar a sus nombres en catalán, por lo que el mapa de mi niñez quedó fijado en mi recuerdo en el
idioma de los vencedores. Más adelante, cuando
acabó el secuestro oficial de la libertad, la lengua
autóctona corrió a recobrar su sitio en las esquinas, en placas de metal que relucían como dientes de oro en medio de la decrepitud, y eso refor-
zó en mí la sensación de poseer en exclusiva el
Barrio de mi infancia, mi patria charnega. Mi relación con el catalán —un idioma que nunca será como mi piel, pero sin cuya existencia no puedo
sentirme a gusto en mi piel— se la debía también
a mi tío, un barcelonés de quinta generación con
quien Amelia había conseguido casarse, aportán-
dolo como un trofeo a la familia de emigrantes
murcianos. Ismael solía dirigirse a nosotras en castellano, trufando la conversación de tacos y blasfe-
mias en catalán que me deleitaban.

—Tu tía es una torracollons —rezongó
aquella mañana, deteniéndose en la tienda de salazones—. Espérame aquí, voy a telefonear.

Le vi pasar entre pilas con bacalao en re-
mojo y ruedas de arenques, y dirigirse al teléfono, pegado a la pared, como una enorme cucaracha
negra, en medio de estanterías repletas de latas

de morrones. Y me preparé, como hacía siempre que el tío llamaba desde fuera de casa, para ser feliz y mentir.

De todos los caminos que me alejaban del Barrio, yo prefería, por muchas razones, el que llevaba al mar. Había otras formas de escapar, y una de ellas era perderme en la pequeña distribuidora de publicaciones —había varias en la calle de la Unión, creo que todavía están— que pertenecía a un amigo del tío llamado Lorenzo, un hombre calvo, cubierto por un guardapolvos gris, que atendía a su clientela y daba órdenes a un aprendiz desde el otro lado de una ventanilla enrejada. Cada jueves, a media tarde, Ismael apartaba su faena y, murmurando algo acerca de una tertulia con otros sastres, se echaba a la calle, conmigo trotando detrás. Yo adoraba el olor a tinta y papel que despedía el almacén, con sus paquetes de revistas sujetos por cuerdas y apilados hasta el techo. Cuando llegábamos, Lorenzo tenía preparado su regalo semanal, ejemplares recién impresos de *Florita*, el *TBO* y *El guerrero del antifaz* que abrazaba y apretaba contra mi pecho, como si me reencontrara con viejos compañeros. Ismael se agachaba para despedirse con un beso —al contrario que las mujeres, el tío nunca me hacía prometer que me portaría bien— y, antes de mar-

charse, le lanzaba a Lorenzo un «Cuídamela» al
que el gordo respondía con distraído ademán de
cabeza. Acto seguido, Lorenzo me daba el an-
siado permiso: «Anda, sube y no toques nada», y
yo trepaba al altillo, que era una habitación pequeña, de techo bajo, mal alumbrada por una solitaria bombilla. Sentada sobre un montón de
publicaciones atrasadas, sin más preámbulo, me
hundía en la lectura de mis tebeos y, poco después,
empezaban a caer paredes. Cuando regresaba el
tío, y salíamos corriendo para llegar puntualmente
a la cena, los tabiques volvían a recomponerse, y
sólo la emoción de ir de su mano amortiguaba el
vacío en el estómago, la flojera en las piernas que
me producía entrar otra vez en el piso para encontrarme con la severa censura de mi madre, que
estimaba como una traición a su pena oficial todo esparcimiento que escapara al control de las
mujeres, y que tenía, además, mil sutiles modos
de mostrar su condena, empezando por la fría mirada con que me recibía al abrir la puerta, como
si valorara la medida en que me había podido contaminar, considerando que venía del reino de los
hombres.

Otros días —más raros a lo largo del año,
pero no menos preciosos—, nos metíamos en una
sombría entrada de Marqués de Barberá, en cuyo
tercer piso, al que llegábamos después de subir
por una escalera leprosa, se encontraba el Caribe.
En el balcón campeaba un gran cartel rojo con
letras blancas —«Doctor Morales, sífilis, vené-

reas y enfermedades propias de la mujer»—, que no resultaba demasiado fiel a la verdad, teniendo en cuenta que el médico, con tres amigos y su propia esposa, había montado una orquestina especializada en ritmos tropicales con la que recorría, en verano, los pueblos de la costa y del interior, y que sólo en invierno se dedicaba a su especialización profesional. En primavera, los miembros del Conjunto Frenesí usaban la consulta para ensayar sus actuaciones.

La facilidad del tío para relacionarse con gente distinta a nosotros me fascinaba, y el Conjunto Frenesí me atraía, además, porque figuraba en la extensa lista de Cosas Prohibidas del Barrio a las que, por expreso mandato de Amelia y Mercedes, no me podía acercar: las putas, las pensiones adonde éstas entraban y de donde salían sin parar —seguidas por hombres cabizbajos, o abrazadas a joviales marines norteamericanos, reciente aportación de ultramar que llenaba el Barrio de exotismo y a las mujeres de la casa les hacía torcer el gesto: «Ya está aquí la VI Flota», decían—, los bares de alterne, las tiendas de Gomas y Lavajes, y la lechería de la Alemana, vecina y enemiga de la familia a quien hice falsa promesa de odiar.

Amelia, no obstante sus prejuicios contra el doctor Morales —«menudo sarasa, vergüenza le tendría que dar», apostillaba cuando alguien le mencionaba en su presencia—, le visitó en una ocasión, durante un invierno muy crudo en que se le

infectó un sabañón e Ismael la convenció para
que se pusiera en sus manos, más eficaces, dijo el
tío, que las de los carniceros del dispensario de
quienes dependía la salud del Barrio. Contra todo pronóstico, Amelia aceptó ir, y quiso que yo la
acompañara. Fue excitante, para mí, permanecer
en la habitación que conocía como escenario
musical, con la tía que empezó gimoteando,
escandalizada por los artilugios profesionales del
médico —«Tú no mires», me decía, señalando
tubos de goma, frascos de pomadas y otros asuntos de utilidad indescifrable que me interesaban
mucho menos que los bongos que sabía escondi-
dos en un rincón, cubiertos por una frazada—, y
que acabó llorando de dolor mientras él hurgaba
en su dedo tumefacto, auxiliado por Anita, su
esposa, que retiraba del suelo los algodones man-
chados, vestida de enfermera.

Pero en las otras tardes, las tardes nuestras,
cuando el grupo se reunía para ensayar —coinci-
diendo con los primeros días soleados: caían las
viejas persianas, que olían al verde lustroso con
que eran repintadas cada año—, Ismael y yo ocupábamos dos asientos en un extremo de la sala,
como un público devoto que se sabe de memoria
el repertorio de su actor predilecto. Tanto el escri-
torio donde el médico extendía sus recetas como
su instrumental dormían ahora debajo de las mantas —y con ellos todo rastro de dolor y sordidez—
y el rey de las maracas en que se había convertido
meneaba hombros y caderas con un delirio que

justificaba el nombre con que había bautizado a su grupo.

Ceñido de cintura para abajo por unos pantalones plateados que, a la altura de la pantorrilla, se abrían en una cascada de flecos, medio cubierto el torso por una blusa escarlata con escote en pico y mangas afaroladas, flanqueado por los otros tres —no recuerdo sus nombres, quizá no los supe nunca, pero uno de ellos era negro como algunos marines de la VI Flota; su rostro es el único que aún permanece en mi memoria, porque tenía la sonrisa más grande y blanca del Barrio—, Morales meneaba su cuerpo regordete hasta alcanzar la apoteosis: plantado en medio de la habitación, alzaba los brazos, doblaba la cintura hacia atrás y, agitando furiosamente las maracas, aullaba: «¡Maaaaaambo!», un grito animal que atravesaba el balcón y se dispersaba en la calle como el confeti en la procesión del Corpus.

El siguiente golpe de efecto, que yo anticipaba relamiéndome, era la aparición de la señora Anita —«Con ustedes, señoras y señores, Perla Antillana, la reina del Caribe»— en el umbral del dormitorio. Con el pelo cayéndole a un lado de la cara y los hombros desnudos, las muñecas cuajadas de pulseras de plástico brillante —un material que llegó al Barrio poco después que el plexiglás de bolsos y correas para reloj—, Perla Antillana irrumpía en la consulta, neutralizando el olor a desinfectante con su intenso perfume de violetas, y se bamboleaba, moviendo las caderas, sobre unos zapatos topolino tan rojos como sus labios, los más rojos que yo había visto, y eso incluía a las putas a las que no debía prestar atención.

Ismael nunca me pidió que silenciara en casa lo que ocurría durante nuestras escapadas, pero desde el principio adiviné que sólo mi discreción las hacía posibles, y la importancia de mi papel me proporcionó la audacia necesaria para responder con aplomo a las preguntas y comentarios de las mujeres: «¿De dónde venís a estas horas?», «A saber lo que habréis estado haciendo», y otras fórmulas que prendían la chispa del agravio subterráneo. Entonces yo, sin mirar a mi tío, pero sintiendo su aprobación secreta, inventaba trayectos inocuos y encuentros con personas inofensivas, narraba pequeños incidentes que atraían la atención de las hermanas, aprendía a manejar la ficción para defenderme de las intrusas y hacerme amar por la persona que más me importaba. Oscuramente había entendido que el agobio, que en mí se traducía en noches de tos y estertores —lo que mi madre, delante de los vecinos, llamaba «la carraspera de la nena», no fueran a creer que estaba tísica—, era una vivencia que mi tío compartía. Él también respiraba mejor cuando se encontraba lejos de Amelia y Mercedes, de la habilidad que eran capaces de desplegar cuando maniobraban en lo que, para ellas, era la Desgracia, palabra que pronunciaban a menudo. Tener la Desgracia o ser Desgraciado era como ser bajo o alto, una característica que aceptaban con naturalidad y que, incluso, merecía su confianza. Por instinto, lo mismo que mi tío, ocultaba a las mujeres mis momentos de felicidad.

El mar y la prima Irene eran premios mayores por los que valía la pena no sólo mentir como recurso sino para disfrutar en la elaboración de la mentira. Desde que accedíamos a la Rambla por la calle de la Unión —después de la llamada telefónica en la tienda de salazones, claro indicio de que Irene aparecería poco después—, el hecho de prepararme para mentir era en sí mismo un placer que saboreaba, fijándome en los pormenores del paseo, memorizando lo que veía, preparando cuanto diría a la hora de dar explicaciones.

Esa mañana el tío me urgió a acelerar, aunque, conocedor de mi hambrienta curiosidad, consintió en atravesar el andén central —en las sillas de madera, bajo los plátanos, un hombre dormitaba con la boca abierta y una vieja daba de comer a las palomas, desmenuzando un trozo de pan duro— para detenernos ante el escaparate de la armería Beristain, en donde una perdiz disecada ofrecía su perfil al público, perseguida de cerca por un maniquí, pertrechado con todos los avíos del perfecto cazador. Un poco más adelante, en la misma acera, empezaban las recovas de la plaza Real, pobladas de limpiabotas, pero en este punto el tío tironeó de mi mano y volvimos al andén para encaminarnos hacia el puerto, no tan deprisa, no obstante, como para no permitirme admirar una vez más la burlona estatua de Pitarra, cagada por las

palomas, ni para impedirle mostrarme, como siempre, los signos de metralla que todavía señalaban
las fachadas cercanas al café Cosmos y el frontón
Jai-Alai, lugares ante los que esta vez pasamos de
largo porque la cita era con el mar y con la prima
Irene.

El monumento a Colón y los leones que lo
circundaban, los vendedores de cacahuetes y fotó-
grafos ambulantes, incluso el miedo a un tren de
carga que solía aparecer de improviso por el lado
de Montjuich para perderse en la umbría densi-
dad de tinglados del puerto, corriendo paralelo al
mar envuelto en humo y gemidos, todo quedaba
atrás cuando, como ahora, alcanzábamos los peldaños que descendían hasta el agua. Se borraban
la casa, las mujeres y el Barrio, desaparecía también
la amenazante escenografía que el propio puerto
había adquirido semanas antes, cuando, por ini-
ciativa de Amelia, las tres fuimos a recibir al *Se-
míramis,* que llegaba de Rusia cargado de españoles
de la División Azul. Casi me arrolló la muchedum-
bre histérica que lloraba y cantaba el *Cara al sol*
con los brazos en alto y las manos extendidas, y no
pude ver a los que volvían porque pesaba demasiado para que me cogieran en brazos y bastante
hacía con respirar con toda aquella gente piso-
teándome.

Ni siquiera ellas, que todo lo ensombre-
cían —el Barrio, las relaciones con los demás, la
vida—, poseían poder alguno sobre aquellos encuentros en que Irene, aliada del mar, y el tío,

proveedor de quimeras, convertían el puerto en el marco ideal para mis sueños. Era allí donde me entregaba a la mentira más grande, una mentira que jamás me atreví a contarle a nadie, ni siquiera a Ismael.

A veces —como aquella mañana—, Irene nos estaba esperando, y entonces notaba temblar ligeramente la mano de mi tío, apenas un estremecimiento que pasaba a mi cuerpo y me recorría hasta la médula. Todavía evoco la silueta delgada de la prima enmarcada por la luminosidad del Mediterráneo, su falda desplegada como una vela, sus piernas morenas bien plantadas en el suelo, y las manos en los bolsillos, una postura tranquilizadora, con la que parecía comunicarnos que teníamos por delante todo el tiempo, aunque ella también se había escapado, y a lo sumo dispondríamos de un par de horas. Irene, con las manos en los bolsillos: en eso tampoco se parecía a las mujeres que yo conocía, que tenían la costumbre de llevar un monedero pequeño, lleno de monedas y llaves, fuertemente agarrado entre las manos y, a menudo, apretado contra el estómago. La prima iba con las manos desnudas.

Muchas veces me preguntaba, en las largas noches que pasaba desvelada a causa de mi tos, si Ismael veía a Irene como yo, esperándonos, nimbada de luz, mientras corríamos a su encuentro. La naturaleza de sus relaciones permanecía confusa en mi mente, pero había visto suficiente cine como para reconocer en ellos el sentimiento llamado amor que nunca había percibido dentro de mi familia. Lo que pudieran hacer cuando no se hallaban conmigo, lo que pudieran decirse, era algo con lo que sólo podía especular. En mis fantasías actuaban como los protagonistas de la última película que había visto, aunque me resultaba imposible imaginarles, por ejemplo, vestidos él de médico y ella de monja, como en *La hermana San Sulpicio,* que era la española que ponían en el Alarcón, y prefería situarles en *El manantial* —sobre todo por el cartel que había a la puerta del cine: Patricia Neal, sentada en el suelo, a los pies de Gary Cooper, que tenía los ojos burlones como mi tío—, entregados a lo que en los programas cinematográficos que se repartían entre el público se llamaba, creo recordar, «una pasión imposible».

En mi presencia, jamás mostraron un comportamiento que no pudiera interpretarse, en sentido estricto, como el que se espera entre tío y sobrina. No era su actitud lo que les delataba, sino la intensidad que se adueñaba de ellos durante aquellas citas ocultas, hasta el punto de que yo, igual que al ir hacia Irene recibía en mi mano el estremecimiento de Ismael, podía sentir el grado de concentración de sus cuerpos, la forma excluyente con que se condensaban el uno en el otro, aun sin tocarse.

Como siempre mi tío me dio unas pesetas para que comprara una bolsita de almendras garrapiñadas. Cuando regresé con los frutos pringosos envueltos en celofán, ellos ya estaban sentados en los peldaños, hablando en voz baja o callados, con la mirada fija en el horizonte y a suficiente distancia para que pudiera encajarme entre los dos.

Mientras conversaban por encima de mi cabeza, intenté distinguir un barco que estuviera a punto de zarpar, aunque, por la mañana, lo más frecuente era que llegaran. Hubo un día en que sí, un barco grande y blanco, con una bandera desconocida, soltó amarras e inició un movimiento de separación del muelle, a la vez que giraba lentamente para enfilar con la proa la lisa superficie, camino del mar abierto. Los pasajeros se asomaban a cubierta, saludando a quienes habían ido a despedirles. Sonó en aquel instante la sirena, y desde entonces nunca dejé de pensar —lo hago ahora mismo, mientras recuerdo— que se trataba del barco italiano del que hablaba uno de los tangos que me hacía escuchar Ismael algunas noches, mientras liaba parsimoniosamente sus cigarrillos de picadura.

La mentira que yo me contaba, y que ni siquiera a Ismael se la confesé, era que en el puerto, en aquellas horas dichosas en que me sentía protegida por su presencia y la de Irene, yo buscaba entre los barcos el que más se parecía al que una vez vi partir, y lo miraba hasta convencerme de que se movía, y de que en su cubierta, agitando alegremente la mano, nos hallábamos nosotros tres. Miraba y miraba y nos veía marchar, deslizándonos sobre el agua irisada por la grasa, aleján-

donos del puerto en el barco italiano —cuya dul-
zona sirena tenía la facultad de borrar cualquier
otro sonido— que se llevaba hacia el sol mi pequeña vida cargada de pesares y a los padres que habría querido tener.

Hubo otra fotografía —tomada el mismo día que la que le regalé a Irene— que hice añicos cuando llegó el momento, pero que viajó conmigo. En la bodega de mi memoria, como un polizón que esporádicamente se empeñaba en reaparecer para mostrarme la persistencia del recuerdo. La hizo uno de los retratistas ambulantes que solían instalarse en la parte de la Rambla cercana al puerto. Sus cámaras de trípode incluían un rudimentario laboratorio cubierto por un trapo negro, y la gran caja de madera estaba adornada por modelos de retratos: «quintos» de permiso que miraban al objetivo con expresión chulesca, bajo la que no resultaba difícil advertir un infinito desamparo; sonrientes muchachas, a veces con las mejillas y los labios coloreados de rosa; parejas que juntaban los rostros, enmarcadas por una cartulina en forma de corazón. Por un módico suplemento se podía elegir un complemento de guirnaldas de flores, un «te quiero» escrito en letra inglesa, lujos dominicales para gente sencilla.

En la foto que aún veo en la memoria, el tío está de pie, solemne. Irene lleva el pelo oscuro peinado como casi siempre, en dos espesas tren-

zas sujetas en lo alto de su cabeza, el cuello delga-
do naciendo del escote en pico de su vestido de
confección casera, los brazos desnudos rodeando a
la niña que fui y que está sobre su regazo, con gesto
de aprensión, el ceño algo fruncido, mientras ella,
con la limpia expresión que siempre tuvo, la frente amplia y optimista, permanece sentada en la
barandilla circular que rodea el monumento al
Cristóbal Colón petrificado en el acto de señalar
el horizonte con el dedo, quizás el único testigo
de mi infancia que no ha sido modificado por el
tiempo. Detrás de nosotros hay un retazo de cés-
ped gris, y más atrás un seto tupido y regular, y a la
derecha se ven dos de los leones de bronce, a uno de
ellos la cabeza se le sale de la instantánea, seccio-
nado el gaznate por el borde dentado de la estampa,
y al otro, el más alejado, se le ve entero salvo las pe-
zuñas, ocultas por el seto. Hay también, a la izquierda, una construcción blanca, de una sola plan-
ta, con una torre lateral rematada por un tejado de
pizarra, algo parecido a una casa de campo, que nunca más he vuelto a ver; ni siquiera recuerdo cuándo fue derribada.

Creo que fue Irene quien conformó el mo-
delo de mujer en que deseé convertirme sin con-
seguirlo. De mi madre no quise imitar nada —y
ahora me sorprendo pareciéndome a ella cada vez
más: a veces paso de largo ante los espejos para
no identificar la curva de la nuca, esa inclinación
sorprendida que mi cuerpo va adquiriendo con
los años, y que me la evoca tanto—, pero de Ire-

ne quise tenerlo todo, quizá porque era el modo de seguir poseyendo a Ismael cuando no estaba conmigo, cuando le creía con ella. Nunca fui tan similar a la prima como deseaba, ni tan diametralmente opuesta a mi madre como hubiera querido.

Los largos brazos de Irene solían anudarme con energía cuando nos veíamos a espaldas de Amelia y Mercedes, pero incluso cuando ellas estaban presentes conseguía enriquecer su saludo con un matiz especial —su mano entreteniéndose un instante en mi pelo, aparentemente distraída, o el ademán con que deshacía, riéndose, el lazo de mi cintura, para volverlo a atar con más fuerza—, actitud que yo interpretaba como un modo de recordarme aquello que compartíamos y la necesidad de guardar silencio. Ahora que ya conozco el valor que los talismanes poseen para los amantes encubiertos, me digo que quizá Irene me tenía por piedra de la suerte, aunque es más verosímil que viera en mí la prueba de que su historia de amor con Ismael era real. De lo que nunca tuve dudas es de que Irene amó a mi tío con sinceridad, al margen de los años que les separaban —tal vez por eso: ¿no había sido, previamente, víctima del encanto de un hombre joven, tan desprotegido ante la vida como ella misma?— y de las circunstancias adversas, y nada, ni siquiera lo que ocurrió más tarde, ha modificado esta convicción.

Recuerdo los abrazos de Irene, mi nariz aplastada contra el limpio percal de sus dos vestidos veraniegos, en cuya alternancia, impuesta por la escasez, se reflejaba el avance de los días. Su máquina de escribir alquilada fue la primera que vi en mi vida. Era un artilugio negro, de teclas grandes como monedas, que solía mantener cubierto por una funda de hule, cerca de los sobres y etiquetas que rellenaba en casa, para conseguir algún dinero extra.

Irene tenía unos 26 o 27 años, y era sobrina carnal de Ismael. Vivía con su madre, la vieja Palmira, en una casa baja, humilde, situada en lo que hoy es el barrio de Horta, prácticamente un pueblo aparte al que se llegaba en un tranvía que remontaba chirriando la ciudad hasta alcanzar un aire transparente que olía a hierba. En la parte trasera tenían una pequeña huerta en la que habían plantado verduras que vendían los sábados por la mañana en el mercado cercano: berzas y hortalizas que colocaban en la acera, sobre una vieja colcha.

Con las mujeres crecía Tomeu, que tenía cuatro años menos que yo y era el resultado del matrimonio de Irene con un muchacho sin oficio llamado Feliu que, tres años antes, había marchado a trabajar a Francia. Hacía casi dos que la prima no tenía noticias suyas, y aunque Tomeu no dejaba de acordarse de él ni de referirse a Francia como si se tratara de un país de cuento de hadas al que pronto sería convidado, yo tenía la certeza de que los padres nunca vuelven y de que Feliu nunca les reclamaría. En algún lugar había un agujero por donde los hombres se metían para perderse y no regresar, dejando tras de sí a hijos no deseados y esposas cubiertas de luto.

Que Irene, tan fresca y benévola, vestida de colores alegres, hubiera sido abandonada era algo que yo no podía entender, y eso añadía motivos de preocupación a mis esfuerzos para descifrar cuanto me circundaba. Quizás los adultos estaban condenados a cometer errores monstruosos que les empujaban a aparejarse inadecuadamente, con sombrías consecuencias para sus vidas, y en tal caso crecer era un destino indeseable, pues conduciría a repetir los mismos comportamientos. En mis sumas siempre faltaba gente: el Paisano, el desconocido Feliu.

—En Francia, mi padre tiene un cuadro con comida pintada que, si te fijas mucho, se vuelve de verdad y nunca falta de nada —recitaba Tomeu.

Solíamos sentarnos bajo la parra, él con el cráneo recién afeitado para que el pelo le creciera más fuerte y sin piojos, y la carita apoyada en las manos, y aunque yo pensaba que ni siquiera en las películas pasaban cosas como las que él decía, sabía que de nada serviría contradecirle. Aspirando el olor de la tierra, mirando sin parar la mata de tomates, en un intento de ver desarrollarse los pequeños frutos —lo que sólo ocurría cuando estaba lejos; mientras me encontraba allí todo seguía descorazonadoramente igual, inmóvil— mis pensamientos divagaban, y disfrutaba con la idea de que, dentro de la casa, mi madre y mi tía, inmersas en su inquisitivo cotorreo, ignoraban por completo que Irene y yo escapábamos a su control, igual que los hechos que suceden fuera de la pantalla se producen al margen del espectador y uno ni siquiera imagina qué pueden hacer los personajes cuando se encuentran lejos de su alcance.

Amelia y Mercedes acometían aquellas incursiones como si fueran pesquisas, irrumpían en la vivienda olfateando el aire, en busca de malas noticias, y lanzaban sus preguntas envenenadas —las famosas «indirectas»—, para saber si habían recibido noticias del ausente. La vieja Palmira entraba al trapo de inmediato, prorrumpiendo en lloriqueos que estimulaban la complacida solidaridad de las otras, e Irene, dominando apenas la impaciencia, nos daba pan y chocolate y nos mandaba afuera a merendar.

Más tarde, Amelia daba por terminado su reconocimiento y se ponía en pie, y las tres tomábamos el camino de regreso, en el tranvía que nos dejaba en la Ronda de San Pablo. Desde allí descendíamos hacia el Barrio, por Reina Amalia, pasando junto al solar donde estuvo la cárcel de mujeres, que a mí me obsesionaba hasta el punto de que aún creo que atisbaba los ventanucos con la inquietud de que tal vez las presas eran como nosotras. Mi madre y mi tía, por el camino, soltaban sus habituales comentarios sobre Irene, que me llegaban como chirridos de una maquinaria incomprensible que giraba impulsada por su propia lógica.

—Si Palmira no fuera tan de misa, la pondría en un salón de té para que le sacara las castañas del fuego, porque fina y mona sí que lo es —decía mi madre.

—Lo que tendría que hacer es buscarse un viudo —sentenciaba tía Amelia, que estaba dispuesta a realizar la gestión por su cuenta—, y darle un padre a la criatura. Porque lo que es el de Francia, ése no vuelve. Seguro que está liado con alguna pelandusca, y hasta puede que tenga otros hijos y si te he visto no me acuerdo.

Era cierto que Irene parecía una artista de cine, pero no como las que tanto le gustaban a mi madre y que todo lo tenían redondeado como un corazón —el rostro, los labios, el escote, las caderas—, sino del tipo longuilíneo que podía vestirse con trajes de chaqueta de cheviot —una tela que mi tío apreciaba mucho— y hasta llevar sombreros como de hombre. Eran, éstas, mujeres ricas e independientes que se reían y desafiaban a sus compañeros de reparto, que nunca estaban inmersas en dramas de abandono, o que abandonaban ellas, con altivez y dando un portazo, y se deslizaban por mullidos pasillos con un bolso de cartera bajo el brazo y el aire de no deberle nada a nadie. Bajo el percal del verano, o envuelto en el gran abrigo cruzado que Ismael —se las apañaba para vestir a toda la familia— le había hecho con la tela de un capote de soldado, el cuerpo de Irene no pertenecía al Barrio ni a nada que yo hubiera visto en la vida real, porque ni siquiera la mujer del doctor Morales, cuando era Perla Antillana, poseía aquella gracia para caminar como si no tocara el suelo.

Un domingo al mes, por lo menos, Irene y su madre, con Tomeu, nos devolvían la visita, y nunca me parecía ella más hermosa que sentada en nuestra sala, llevándose a los labios un vaso grande de café mezclado con achicoria, con el cuello ligeramente ladeado, como un pájaro que sólo espera una señal para salir volando. Tomeu y yo nos instalábamos debajo de la mesa, repitiendo el ritual de los adultos con las tacitas de juguete que me regalaban las señoritas del Auxilio Social, pero nunca dejaba de vigilarles con disimulo, tanto al tío como a ella, temerosa de que las demás captaran la tensión que les mantenía unidos ante mis ojos, a pesar de que sólo cruzaban miradas banales y de que el tío apenas intervenía en la conversación de las mujeres, atento, en apariencia, a la lectura de *La Vanguardia,* o inmerso en un libro cuyas páginas —aunque sólo yo lo notaba— tardaba siglos en pasar.

Entre las enseñanzas que Ismael trataba de transmitirme para, a su modo, prepararme mejor para el futuro —o, como él decía, que te den nabos por peras lo menos posible—, se encontraba el aprecio por las cosas bellas antes que por las que tenían éxito, por las personas felices antes que por las enriquecidas. Y el Liceo era, una vez al año, punto de partida de sus relatos ejemplares.

Gran aficionado a la ópera, tuvo que conformarse con las retransmisiones radiofónicas, hasta que un dependiente de la sastrería, amigo suyo, le colocó en la claque del Liceo. El enchufe sirvió para que asistiera a todas las representaciones de sus tres óperas preferidas: *Aida*, *Rigoletto* y *La Traviata*.

—Verdi fue un gran hombre —me aleccionaba— y nos dejó una gran música. Él sabía que el verdadero amor, en este mundo, sale perjudicado. Pero, en la ópera, aunque acaben muriéndose, los enamorados son inmortales, porque les toca cantar las mejores arias.

—¿Y no sufren?

—Aida y Radamés no pueden ser felices por culpa de la política, porque ella es hija del rey de Etiopía, que es el país que Radamés, general egipcio, ha conquistado a sangre y fuego. Son como Romeo y Julieta, ¿recuerdas lo que te conté?, aunque lo suyo se parecía más a una guerra civil como la nuestra.

—¿La nuestra era una guerra entre dos familias?

—Más o menos. A la hija de Rigoletto, en cambio, la mata el despotismo de los ricos, la mata la mala suerte de ser pobre y guapa en donde sólo mandan los señoritos.

—¿Y qué le pasa a *La Traviata*?

—Ésa, Manuela, es la mejor de todas, porque aquí quienes le hacen la puñeta a Violeta y al tonto de Alfredo, que no es más que un pollo pera, son los hipócritas, y el suegro, que es el mayor hipócrita de todos y que quiere que su hijo se case con una niña bien.

—¿Violeta no es una niña bien?

—No, Manuela. Es como esas infelices que ves en el Orgía y a quienes tu madre no te deja acercarte. Una buena persona con muy mala suerte.

Aquellas explicaciones del tío yo las trasladaba a la vida real, y deducía que Irene y él nunca podrían estar juntos y solos conmigo para siempre, y que la culpa era de los demás.

Yo debía de tener unos ocho o nueve años cuando Ismael tomó el hábito de llevarme a dar la vuelta al Liceo cada vez que se abría la temporada de ópera. Empezábamos estacionándonos en el andén de la Rambla, ante la fachada principal, entre la multitud de curiosos que se agolpaba para admirar el despliegue de automóviles y lujo. En las noches de inauguración asistían las autoridades, y había guardias urbanos a caballo, con uniforme de gala, casco y penacho blanco, guardando la puerta. La entrada iluminada brillaba como la luna en la oscuridad, y como la luna ocultaba otra realidad a sus espaldas. Eso era lo que el tío quería hacerme ver. No sólo que las apariencias engañan, sino que lo más suntuoso no suele ser lo mejor.

Allí vi los primeros trajes largos, las primeras mujeres con diademas en la cabeza, los primeros hombres vestidos de esmoquin y los primeros abrigos de pieles, que sólo conocía por el cine. Emergían de coches relucientes que les dejaban en la puerta, ellas recogiéndose la falda, ellos palpándose el pecho como si comprobaran que aún llevaban la cartera en su sitio. Otros venían hasta la entrada andando, después de haber aparcado su automóvil en la parte alta del paseo o en las tristes, medio alumbradas calles adyacentes.

Cuando llevábamos algunos minutos varados ante el esplendor, mi tío se impacientaba y me tomaba de la mano, y aunque habría seguido allí hasta el final, le acompañaba gustosamente, porque a esa edad nada complace tanto como las historias que se repiten, y la ceremonia del Liceo no variaba nunca. Después de haber asistido a los paripés de la entrada —planteamiento— cruzábamos de nuevo y, doblando a la izquierda del teatro, entrábamos de lleno —nudo— en la calle de la Unión, mi calle, con sus bares y putas, lo único que a esa hora permanecía abierto.

—Esos que bajan al Barrio para lucirse en el Liceo no saben lo que de verdad ocurre aquí, ni qué es esto, ni cómo somos. No nos conocen, Manuela.

—¿Nosotros, a ellos, sí?

—Es como el juego del ratón y el gato. El gato, que es más fuerte, no necesita averiguar nada sobre el ratón para atraparlo, pero el ratón tiene que espabilar, tiene que estudiar al otro para saber cómo escabullirse.

—¿Las señoritas del Auxilio Social tampoco saben cómo somos?

Al Barrio venían de vez en cuando, por aquel tiempo, jóvenes de buena posición que entraban en la casa tuteando, portadoras de una alegría inquietante, porque hasta yo me daba cuenta de que era fingida, tal vez su forma de darse ánimos para permanecer durante un rato en aquellas viviendas insalubres pobladas por gente sometida. Las señoritas, que iban en parejas, como los policías o la Guardia Civil, se presentaban en las casas sin avisar, para sorprendernos y cerciorarse de que la observancia de las buenas costumbres nos hacía acreedores a su ayuda, que consistía en alguna prenda usada y, en casos especiales, un juguete para mí. Nunca nos pillaron desprevenidos, porque una simple voz de balcón a balcón alertaba en el Barrio de que las del Auxilio Social habían iniciado su cacería, y mi tía, ayudada por mi madre, preparaba a conciencia la escena. No teníamos que esforzarnos para convencerlas de que éramos realmente pobres; otra cosa era persuadirlas de que observábamos sus mandamientos. Por eso, cuando llegaban, casi siempre en horas de clase, a mí me tocaba toser mucho para que creyeran que sólo estaba de baja temporal en el colegio. Doliéndose de mi frágil salud, le preguntaban a mi madre si me daba algún medicamento, y ella salía corriendo a por el frasco de jarabe del Dr. Andreu. Momento que mi tía aprovechaba para señalar, refiriéndose a Mercedes:

—Pobreta, abandonada con una hija, y eso que es una santa, se mata a coser.

Detalle que las señoritas ya conocían, pues lo primero que hicieron cuando empezaron a visitarnos fue pedirnos la documentación para comprobar que yo no era hija de madre soltera, y que la moral se hallaba a salvo. Durante sus visitas, mi mayor preocupación consistía en que comprendieran que la niña había salido tan trabajadora como la madre, por lo que me apresuraba a leerles algo para ponerlas al corriente de mis progresos, y respondía sin vacilar a sus preguntas acerca de Dios y la santísima Virgen, de por qué desobedeció Adán y qué le pasó a Caín por envidioso. Salía bien parada de aquellos exámenes, en parte por mi buena memoria, pero sobre todo debido a que el libro de historia sagrada que las propias damas me habían regalado, con sus cubiertas de tela áspera y sus cándidos y terroríficos dibujos en colores, me embelesaba.

Mercedes llevaba mal aquellas visitas que servían para reforzar nuestra condición de necesitados, pero sentía cierto aprecio admirativo por las señoritas, que le recordaban las casas para las que había cosido en su juventud, cuando soñaba con elevarse por encima de su condición. En cambio, Amelia, que parecía disfrutar poniéndose a sus pies como un felpudo —en el tono lastimero que utilizaba en presencia de gente con posibles, y que ponía frenético a Ismael—, las odiaba, y en cuanto cerraba la puerta tras ellas, dejaba caer:

—Éstas lo que necesitan es que les rieguen el chumino.

En cuanto al tío, de buena gana las habría echado escaleras abajo, a ellas y su necia ayuda, pero la prudencia de Amelia —«No es por lo que nos dan, sino por el daño que podrían hacernos, hay que estar a bien con esta gente», decía— le obligaba a abandonar la casa en cuanto llegaban, pretextando ir a hacer un recado.

—Ellas menos que nadie —respondió Ismael—, porque tienen de nosotros la idea que les conviene para que las ayudemos a ganarse el cielo.

Recorríamos media calle de la Unión, que parecía desconocida a la luz de las farolas, con el escaparate de la tienda de bragueros y fajas Jumar convertido en una fantasmagoría de troncos de maniquí cubiertos de prendas ortopédicas, y caminábamos hasta Arrepentidas, que enfilábamos con prisas porque no había bares ni comercios con los que entretenerse, sólo los portales cerrados ya a esa hora, y ocasionalmente el rayo de luz de una ventana que iluminaba al sesgo una acera marcada en tiza por los niños que esa tarde habían jugado a la rayuela. Al desembocar en San Pablo, invariablemente, el tío —desenlace— señalaba a la pequeña multitud que formaba cola para entrar en el Liceo por la parte lateral, que conducía al gallinero.

—Aquí tienes el verdadero Liceo, el de la gente que ama la música y se gasta en una entrada el poco dinero que tiene.

Ismael se detenía para hablar con conocidos, y me presentaba:

—Es Manuela, mi sobrina, como si fuera hija mía, la niña de mis ojos —solía decir—. Sabe mucho de ópera. Anda, cuéntale a este señor por qué no se casan Violeta y Alfredo.

Yo bajaba la cabeza y recitaba:

—El suegro no la quiere porque no es una niña bien.

Las noches en que el tío regresaba de hacer de claque en el Liceo traía los programas, y antes de irse a dormir me contaba detalles de la representación. Yo miraba las fotos y le escuchaba, conteniendo el deseo de preguntarle por qué los cantantes, si sufrían tanto, estaban tan gordos.

Parece que existe un plan para remodelar el Barrio, que van a convertirlo en un lugar distinto, derribando manzanas enteras de habitáculos miserables para quitárselo a los marginales que ahora lo pueblan, viejos supervivientes que le pertenecen como las lesiones de sus paredes, y a los extranjeros que, entre sus calles desatendidas, encuentran un primer refugio cuando recalan en la ciudad. Quieren que al Barrio vayan a vivir jóvenes profesionales de éxito, crear centros de lo que llaman animación cultural, borrar del mapa una mancha negra, ahora que la ciudad está empezando a ponerse en obras para cuando se celebren los Juegos Olímpicos.

No derramaré ni una lágrima. De niña, el Barrio sólo me importaba en la medida en que podía salir de él. Y en mis sueños queda a mis espaldas, como el campo de una batalla ajena del que se ha huido precipitadamente para no tener que contar los muertos. Ahora que he vuelto, bien a pesar mío, para encontrarme con las cuentas pendientes que durante muchos años he creído poder soslayar, no es la memoria de las piedras ni las calles lo que me conmueve, sino ese retorno a borbotones de voces y olores del pasado que nunca pensé volver a escuchar, que nunca he querido convocar.

El olor predominante de aquel tiempo era el de la pobreza, pero no estaba solo. Escoltándolo como sombríos subordinados, surgían dos halos fétidos que aún reconozco. Uno, rudo como el chasquido de un látigo, todavía me sorprende en plena noche, cuando despierto en una habitación que no es la mía —y eso ocurre bastante a menudo—, y se relaciona con la brutalidad con que mi padre irrumpía de madrugada en nuestro dormitorio desde que tengo capacidad para el recuerdo. Es un olor a macho, a licor, sudor y descontrol, una nube ácida que desciende sobre mí entre el vocerío de reproches y llantos en que él y mi madre se enzarzaban.

Mi padre era un hombre guapo. Más guapo que Ismael, si hago caso de las fotografías. Sin embargo, nunca pude juzgarle separándole de la sensación de peligro que le acompañaba. En la época de la que estoy hablando, cuando ya nos había dejado, no me costaba adjudicarle —con la ayuda de mi madre y de Amelia— la culpa de todos nuestros males. Las dos mujeres se las arreglaban para que no le olvidara, ni olvidara tampoco, y ésta fue la parte que peor soporté, que la mitad de mí le pertenecía por herencia y, si no vigilaba, podía volverme como él. En ninguna de aquellas academias a las que apenas fui, y en las que aprendí mucho menos de lo que el tío me enseñaba por su cuenta, ignoraron los responsables que yo era la hija de un alcohólico de inclinaciones violentas. Mercedes y Amelia se encargaban de contarlo cuando me llevaban a matricularme, haciendo hincapié en la necesidad de someterme a un control especial para impedir que germinara en mí la mala semilla. Tales momentos suponían para ellas, lo comprendí con el tiempo, una escenificación gozosa, ante extraños, del particular calvario que soportaban por mi bien, para hacer de mí una mujer de provecho.

Aunque no dejaban de enumerarme las infamias de que el Paisano era capaz, ni de ponerme en guardia para el día en que, tarde o temprano, reaparecería e intentaría llevárseme —de forma más restringida que la Bomba, y por eso más aterradora, las mujeres usaban también la amenaza del Rapto para obligarme a engullir la Emulsión Scott y prevenir mis desobediencias—, no necesitaba de sus oficios para sentir genuino pánico hacia mi padre. Me bastaba con recordar su rostro descompuesto gritando sobre mi cama, y el tufo agrio que desprendía su ropa.

A Ismael le repugnaba la violencia. No sólo aquella que enfrenta a un pueblo contra otro o contra parte de sí mismo, sino esa otra cólera, cotidiana, que unos engendran y otros aceptan como algo natural en sus vidas. Ni siquiera cuando Amelia le acorralaba con su monótona salmodia de quejidos, accedía el tío a seguirle el juego, y se limitaba a marcharse, ya lo he dicho, con un portazo. Nunca le vi participar en los remolinos de rabia que, de repente y por motivos banales —una mujer que se colaba en la fila del pan, un hombre que escupía a los pies de otro, y cómo se escupía en aquellos años—, estallaban en algún lugar del Barrio, bruscas descargas que enfrentaban a los vecinos en peleas que parecían el fin del mundo y que, tras el reventón de gritos e insultos y el amago de golpes que pocas veces se concretaba, se extinguían con tanta rapidez como el día en el trópico. El alivio que seguía era una limitada receta contra la frustración, crónica como un estreñimiento. El otro olor claramente identificable en mi memoria es el de la vergüenza por tales arrebatos vecinales, para los que mi madre y mi tía parecían especialmente bien dotadas. Aunque creo que, en esto como en todo, Mercedes se limitaba a secundar a su hermana.

Buena parte de sus broncas tenían un objetivo común: la Alemana. La Alemana se llamaba Ramona y había nacido en Badajoz, pero Amelia le puso el mote porque era rubia de frasco, un color poco habitual entonces entre la gente como nosotros, y porque sonaba despreciativo. Vivía con su marido —que, contra toda lógica, no era el Alemán, sino el lechero, también «un calzonazos», según mi tía— en el piso contiguo al nuestro, y en aquel rellano que compartíamos tenían lugar las frecuentes peloteras, que eran decididamente desiguales a favor de la vecina, porque, aunque ella estaba en minoría, las burdas provocaciones de Amelia, que era quien empezaba, y los comentarios despectivos de mi madre se estrellaban contra la risa fresca y burlona de la Alemana como las pelotas de los jugadores en la pared del frontón Jai-Alai, al que Ismael solía llevarme.

La reacción desenfadada de Ramona —una figura menuda que recuerdo vivaz y atractiva, vestida con trajes de chaqueta entallados sobre los que, en la tienda, se ponía un almidonado delantal blanco—, y el hecho de que parecía feliz, aumentaba el resentimiento de las dos mujeres. Ya me he referido al gran predicamento de que, en casa, disfrutaba la Desgracia, que era como un marchamo de calidad que despertaba su avidez en cuanto lo distinguían, y que aprobaban, complacidas, después de haber tentado sus rugosidades, reconociendo el grado de desdicha con destreza de expertas. No estoy segura de cuál era, en su escala de valores, el más apreciado estado de desgracia, pero creo que sentían cierta aversión hacia la catástrofe total, demasiado definitiva y rotunda. Una fatalidad moderada y dosificada les prometía mayores probabilidades de goces futuros.

En cambio, su necesidad de exteriorizar el drama de turno carecía de moderación y, aunque los escenarios podían variar, la escalera ocupaba un puesto predominante en tales aquelarres, por lo que en el olor de la vergüenza que todavía me persigue se condensan hedores de retretes y de comida que escapaban por los respiraderos, pringaban los peldaños y humedecían la barandilla de madera, ensopada bajo la palma de mi mano, mezclados con el aliento avinagrado de la rabia siempre latente, siempre presta a saltar, de mi madre y mi tía.

El reducido universo en el que Amelia y Mercedes ejercían su despotismo absoluto estaba saturado de rencillas y relaciones amargas. Amelia trenzaba los hilos, controlando a una pléyade de parientes murcianos desde su situación superior, la categoría que le proporcionaba el triunfo de haberse casado con un catalán que, al menos, tenía un oficio, frente al carácter soluble y completamente precario de las ocupaciones de los otros familiares, que vivían en sobresalto permanente, demasiado atareados en esquivar los embates de la supervivencia como para plantearse siquiera el pensamiento de enfrentarse a la poderosa tía. Nosotros éramos pobres dentro de una mínima estabilidad y disponíamos, además, de un arbolillo autóctono a cuya sombra podíamos crecer.

Aquellos desdichados, que vivían en la parte más sórdida del Barrio, en las callejas que, en aquel tiempo, arrancaban de la boca oscura —abierta en un gran bostezo— del Arco del Teatro para perderse en los aledaños de las Atarazanas, eran de alguna forma tributarios de Amelia a través de sus mujeres mayores, las madres y tías que, ejerciendo de mandaderas de la tribu, acudían a ella en busca de ayuda —Ismael era generoso con la parentela: lo que había en casa se repartía cuando era necesario— y consejo. A cambio,

le contaban cuanto sabían acerca de las enfermedades, peleas, enamoramientos, embarazos, abortos
y adulterios del resto de la familia. De estas ca-
lamidades nutría Amelia su mezquino poder, y
Mercedes, descolgada de sus propios sueños, ejercía
como lugarteniente.

Una de las muchas mandaderas que venían
a casa con regularidad era la tía Hortensia, la que
vagaba por el mercado con una botella de Anís del
Mono desde que a su marido lo mató el tren. Sus
informes no siempre eran coherentes, pero a Amelia le gustaba tenerla a su merced. Mientras mi tía
se embarcaba en un impune soliloquio acerca de
la conveniencia de que una de las sobrinas, Paquita —que acababa de quedar preñada de su novio, deficiente mental llamado en casa «el tonto»—, se casara lo antes posible, Hortensia y mi
madre callaban, perdida la primera quién sabe en
qué esquina de su mente extraviada, reducida Mercedes a asentir a cada frase. La pobre vieja pasaba
las horas muertas sentada en la sala, con el pelo
grasiento —mi madre decía que usaba como brillantina el aderezo sobrante de las ensaladas—
peinado en ondas, mirándome con sorprendida ternura, como si se enterara de mi existencia cada vez
que me veía. Esta mujer, que desempeñaría, sin
saberlo, un papel importante cuando se produjo la
crisis final, tenía la costumbre de hurgar en el bolsillo de su delantal, del que sacaba un puñado de
aspirinas que me ofrecía como si fueran confites,
sin ver los aspavientos de mi madre, que, a sus

espaldas, me advertía para que no aceptara, señalándose la sien con el dedo índice. Algo decepcio-
nada por mi rechazo, que cada vez vivía como si
fuera la primera, Hortensia se metía varias pasti-
llas en la boca y las masticaba, emitiendo chasqui-
dos de satisfacción.

A Ismael todo aquello le sacaba de quicio, pero no hacía nada por impedirlo. Se iba, como siempre.

Una de las espectaculares broncas de escalera que protagonizaron las mujeres de mi casa se
desencadenó aquella primavera, mientras mi tío
se encontraba ausente. Se había ido sin insinuar
que deseaba mi compañía, y yo me disponía a pasar las horas muertas esperándole, sentada en el balcón, con el libro que había abierto desganadamente
descansando en mi regazo. Ocurrió bastante antes
de la procesión del Corpus, un acontecimiento
que, para el Barrio, partía el año en dos, y que yo
aguardaba con delectación porque era una de las
escasas ocasiones en que mi madre me permitía
participar en los juegos de la chiquillería. Los jueves de Corpus las calles amanecían engalanadas
con un espeso dosel de serpentinas de colores que
los vecinos arrojábamos de balcón a balcón, y el
pavimento de adoquines habitualmente ribetea-
dos de suciedad se llenaba de confetis que los críos
habíamos comprado en las tiendas especializadas
en carnaval de la calle Marqués de Barberá. Ese
día, si las cosas no habían ido del todo mal, yo es-
trenaba un vestido de verano.

Así que debió de ser a principios de mayo. Sentada a mi lado, mi madre repasaba un catálogo de patrones y hacía planes para comprarle un corte de tela de algodón a la hija del señor Floro, que tras el suicidio había heredado el negocio de usura. Hacía sol, el ritual de repintar y bajar persianas que se desarrollaba puntualmente en todo el Barrio mediada la primavera ya se había producido, y la tibia luz entraba en casa por las ranuras, como un plisado abierto sobre las baldosas de tulipanes desparejos.

La mañana empezó con el golpe de puerta que dio Ismael al salir de casa, colofón de una noche de intermitentes refunfuños que yo había escuchado, sin entender, desde el otro lado del tabique. «¿Adónde va?», preguntó Mercedes, cuando Ismael se marchó, y Amelia la contestó con un enigmático: «Ya sabes cómo es», que pareció dejar satisfecha a su hermana.

Me senté y me dispuse a esperar. No podía concentrarme en la lectura, porque intuía que mi tío había ido a reunirse con Irene y, aunque eso me gustaba, no podía imaginar cómo eran ellos cuando no me hallaba delante, y tenía que recurrir al truco habitual de adjudicarles comportamientos de película. No estaba celosa —o quizá sí: celosa del bienestar que no compartía—, sino que empezaba a comprender, y tengo ese balbuceante descubrimiento grabado a fuego en mi memoria, la complejidad que es la esencia misma de la vida, el hecho de que nada es como parece, pero, sobre todo, de que nada permanece bajo control. Crecer no es otra cosa que entender eso, entender la multiplicidad y el flujo permanente de cuanto, pareciendo inmutable, se transforma, huye y desaparece, a nuestro pesar. Presentía que había otro Ismael en el hombre que se encontraba con Irene, y que posiblemente también lo hubiera en el que se encerraba en el dormitorio con su mujer.

Por aquel tiempo, el hallazgo de la diversidad y sus tránsfugas manifestaciones era apenas una inquietud que asomaba por debajo de mis certezas, una leve angustia que no podía definir. Ahora sé, con toda seguridad y sin más elementos que los que entonces tenía y no podía manejar, que también Mercedes, mientras planificaba mi nuevo vestido, era por dentro otra, la muchacha a la que, en ocasiones, recordaba melancólicamente en voz alta, la que antes de la guerra cosía a domicilio para los ricos de una torre de Sant Cugat, adonde llegaba todas las tardes atravesando un campo de cerezos, y que alguna vez albergó la esperanza de conquistar a un hijo de la casa que la sacara de la miseria. Y sé que el hombre desencadenado, mi padre, que allanaba todas las noches su propio dormitorio —en el que mi cama parecía un pequeño nido sometido a la intemperie—, era también otro que, a su manera, buscaba algo que continuamente se le estaba negando, algo que sólo conseguía a medias, a fuerza de golpes, porque, desde el fondo del cuerpo de mi madre, la muchacha que seguía atravesando un campo de cerezos repetía una y otra vez, noche tras noche, la frase que no olvidaré nunca y cuyo significado finalmente comprendo: «No te hagas ilusiones. Yo en quien pienso, mientras tanto, es en Clark Gable».

Empezaba a intuir que había muchos dentro de cada otro, y eso me asustaba, porque aún creía que yo era sólo una. Quieta y absorta, privada de los juegos de los otros chicos del Barrio, sin amigas —a mi madre nadie le parecía lo bastante bueno para su hija: «Yo soy tu mejor amiga», insistía—, encontraba en la observación de cuanto me rodeaba un vasto territorio en el que podía maniobrar sin que los adultos notaran que movía una pestaña. Sólo mi tío, a veces, me miraba, sacudía la cabeza, me guiñaba un ojo y seguía con lo que tuviera entre manos.

Yo era una experta en observar los movimientos del Barrio y advertir cualquier cambio. Desde mi modesta atalaya del balcón asistía, por las mañanas, al inicio de actividades. Primero abrían la tienda de ultramarinos, la de pesca salada, la panadería y la lechería de la Alemana —la vecina a quien no debía hablar—, que se llenaban pronto de mujeres con bolsas y niños pequeños y llorones. Un poco más tarde se alzaban las puertas metálicas de los dos bares más cercanos, situados uno frente al otro a ambos lados de la calle, de cuya vida eran espejos. En la acera opuesta a casa estaba el Orgía, y ahora sé que no era más que un modesto establecimiento con algunos dibujos procaces seudomodernistas moldeados en la escayola del techo, y un nombre que sugería juergas desenfrenadas, el no va más de la perdición. Allí era donde las putas del Barrio esperaban a sus parroquianos, al filo del atardecer, aunque cuando la VI Flota recalaba en el puerto no daban abasto en todo el día. La pensión adonde los conducían, cruzando la calle, se encontraba a dos portales de casa y tenía una entrada estrecha con un letrero medio descascarado con la palabra «Habitaciones». La estricta vigilancia de mi madre no podía impedir que acechara las misteriosas idas y venidas de aquellas mujeres irreales encaramadas en tacones topolino.

Junto a la pensión se hallaba el otro bar, del que no recuerdo el nombre. Era más bien una bodega, y su clientela la formaban las familias trabajadoras del Barrio, y algunos empleados de los comercios adyacentes que, por las mañanas, consumían barrechas o carajillos y, por la tarde, saboreaban un quinto de cerveza o un chato de vino plantados en la puerta, lanzando furtivas ojeadas a las mujeres sentadas a la barra del Orgía. Muchos de ellos, a la hora del almuerzo, ocupaban las tres o cuatro mesas de mármol desportillado que había frente al mostrador, y allí desenvolvían los bocadillos que traían de su casa, aunque otros preferían ir a la panadería a por un llonguet, ese panecillo rechoncho que parece una vulva de mujer, y en la tienda de pesca salada se lo hacían rellenar con sardinas o bonito en aceite y un sedoso pimiento morrón. Yo era una niña inapetente y flacucha, empalidecida por el trabajo nocturno y solapado de la bronquitis, que la mayoría de las veces rechazaba los alimentos que me daban, por supuesto las gachas, y los grasientos fideos con tocino, y también rodajas de palometa y bacalao, que por aquellas fechas eran proteínas baratas. Pero babeaba ante aquellos tremendos bocadillos, como lo hacía al olor de los potajes de la Alemana, en cuyo piso me colaba furtivamente cuando ni mi madre ni mi tía se encontraban en casa.

La coreografía del despertar del Barrio se vio alterada aquella mañana por la irrupción de un enorme camión de mudanzas que estacionó debajo de nuestro balcón. Tres hombres en mono azul descendieron del vehículo y formaron una especie de conciliábulo en torno al papel que sujetaba uno de ellos, que me pareció el jefe porque, después de proferir un par de palabras que no entendí, pero que tenían tono de orden, se metió en nuestro edificio y los otros, sin chistar, le siguieron.

Me quedé quieta, en espera de nuevos acontecimientos. Mi madre, que no se había percatado de la novedad, seguía examinando patrones y hablando para sí, como si examinara los pros y los contras. Por fin, dos hombres regresaron al camión, abrieron la parte posterior y empezaron a sacar mantas y cuerdas. Cuando el tercero de ellos, el jefe, asomó dando voces por el terrado, mientras sujetaba al gancho de la fachada un artilugio que yo veía por primera vez, los gritos de tía Amelia sacaron a mi madre de su ensimismamiento y a mí de mi concentrada observación:

—¡Qué poca vergüenza! ¡La Alemana ha comprado muebles nuevos!

Amelia, resplandeciente, irrumpió en el balcón, y a mí se me erizó el vello, porque semejante entusiasmo significaba que la función estaba a punto de comenzar, y que iba a emplearse a fondo.

—¿Muebles? ¿Qué clase de muebles? —la pronta respuesta de mi madre, que cerró la revista y la hizo a un lado, quería decir que también ella se hallaba lista para entrar en combate.

—No lo sé, pero en seguida lo veremos. Quieren subirlos por fuera, con la polea, y más les vale, porque como lo hagan por la escalera y rayen algo, se van a enterar.

El pensamiento de que el roce de unos muebles podía afectar al aspecto estético de nuestra sórdida escalera me habría hecho reír de no ser consciente de que bastaba una excusa tan inverosímil como aquélla para que las mujeres expulsaran su bilis. Traté de zafarme:

—¿Puedo bajar a por el *Florita*? —pregunté.

El almacén de Lorenzo ofrecía un seguro refugio en el que, con suerte, podría permanecer mientras durara la bronca.

—Ni hablar. No quiero que salgas, con esos desconocidos mangoneando en el portal.

Se repartieron las tareas de vigilancia. A mi madre le tocó inspeccionar desde el balcón, y Amelia se situó en su lugar preferido, detrás de la puerta que daba al rellano, espiando a través de la mirilla. La actividad que se desarrollaba al otro lado no debió de satisfacerla, porque regresó a tiempo para comprobar que los muebles correspondían a un voluminoso comedor completo, de madera brillante y patas curvas. La mesa era enorme, y el aparador constaba de dos cuerpos, uno inferior que tenía puertas y cajones con tiradores dorados, y uno superior con vitrina, coronado por trabajadas molduras. Supongo que eran muebles ostentosos e incómodos, pero se trataba de un verdadero lujo para la época.

—Comen mierda y se lo gastan todo en aparentar —comentó la tía.

No tenía razón, porque, como yo sabía muy bien, en casa de la Alemana el condumio resultaba de lo más apetecible.

El tiempo iba transcurriendo sin que los de la mudanza dieran motivo de queja. Ascendían las piezas envueltas en mantas y desaparecían, engullidas por el hueco del balcón. Amelia comenzaba a mostrar signos de impaciencia cuando, por fin, los hombres, después de un nuevo intercambio de instrucciones, decidieron que subirían lo que quedaba por la escalera. No era gran cosa. Una docena de sillas a juego y los estantes de cristal de la vitrina. Pero era lo que mi tía estaba esperando.

—Ésta se ha subido a la parra —gritó, galopando por el descansillo—. Y yo la mato, la mato.

Con mi madre detrás y yo detrás de mi madre, que había tirado de mí oprimiéndome la mano con el gesto silencioso que significaba tú también estás en esto y no me des motivos porque te planto un bofetón, Amelia volvió a amorrarse a la mirilla, ahora con resultados satisfactorios, porque no tardó ni un minuto en abrir la puerta y ponerse a aullar:

—¡Guarra, más que guarra! ¡Anda, da la cara, pocavergüenza!

Los hombres, que en aquel momento alcanzaban el rellano con parte de su carga, se pusieron lívidos. También había para ellos:

—¡Quietos ahí! ¡A mí nadie me raya la puerta!

Cerré los ojos y me tapé las orejas con las manos, pero mi madre me vio de refilón y me dirigió un revés que esquivé por los pelos. El olor de la vergüenza era más penetrante que nunca mientras las dos mujeres seguían desahogándose y amenazaban con llamar a un guardia.

—Quien va a llamar soy yo, pero a los loqueros, para que os encierren en Sant Boi —la Alemana por fin asomaba por la puerta. Llevaba una bata, y el pelo oculto bajo un pañuelo atado con las puntas hacia arriba—. Y ustedes no se dejen amilanar, ¿no ven que están chifladas? Para poca vergüenza, la vuestra, menudo espectáculo le estáis dando a la criatura.

A empujones, los hombres acabaron por pasar, y mi tía no tuvo más remedio que ceder terreno, sin dejar de lanzar maledicencias. Desde mi posición de testigo impotente oía la risa de Ramona, que sólo servía para aumentar mi bochorno.

Cuando Ismael regresó todo había terminado, pero yo estaba en pleno ataque de tos, sacando los pulmones por la boca, como decía mi madre, y mi tío se refirió por primera vez a la conveniencia de enviarme al campo por una temporada, a respirar aire sano.

—Voy a tener que hablar con los Nacionales —dijo, y no parecía hacerle mucha gracia.

Los Nacionales vivían en un tercer piso, encima del bar Orgía, y eran los ricos del Barrio, donde todos les mostraban un respeto rayano en el servilismo. Todos, menos el tío Ismael, que solía rezongar: «Qué cony se habrán creído que son, estos necios, sin la guerra estarían muertos de hambre», cuando la tía hablaba de ellos con devoción. Por lo que recuerdo que se decía en casa, los Nacionales —el mote les venía porque no había 26 de Enero, ni Día de la Victoria, ni 18 de Julio, en que no exhibieran la bandera española en el balcón; a la cara, naturalmente, les llamábamos doña Asun y don Fernando—, al acabar la contienda, habían convertido su domicilio, un gran piso de la Rambla, en casa de compra-venta de joyas y otros objetos de valor, y habían puesto un cartel en el balcón de la fachada contigua al Liceo: «El Gran Damasco. Compro oro, plata, joyas, ropa, muebles y papeletas del Monte de Piedad».

En los años de miseria que siguieron a la guerra, mucha gente de las zonas acomodadas bajaba a nuestro territorio para desprenderse de sus posesiones más preciadas en las numerosas prenderías del Barrio. Pero el Gran Damasco no se pa-

recía en nada a aquellos comercios que más bien
eran una mezcla de traperías y casas de disfraces,
de cuyos techos colgaban vestidos y uniformes de
soldado que olían fuertemente a naftalina. El Gran
Damasco, como su nombre indicaba, era lo más similar a un bazar oriental lleno de tesoros, y los
Nacionales se habían hecho ricos; pese a lo cual,
cuando el piso se quedó pequeño para seguir teniendo en él la vivienda, no se mudaron a un barrio más elegante, sino que se trasladaron a la calle
de la Unión, al portal de enfrente de nuestra casa.

—Es que son muy sencillos —explicaba
la tía, para justificar su singular elección—. Con
lo que tienen, podrían haberse ido a Pedralbes, y
ya ves, prefieren el Barrio.

—No seas simple —se enfurecía Ismael—.
Ésos, en Pedralbes, tendrían que lustrar los zapatos de sus vecinos. Se han quedado aquí para dár-
selas de señores.

El Gran Damasco era el único enclave del
Barrio adonde seguía con gusto a mi tía. Estaba
en un piso enorme, de interminables pasillos y habitaciones remotas, que sólo en su parte anterior
recibía algo de luz, tamizada por los plátanos del
paseo. Era necesario mantener la iluminación eléc-
trica encendida a todas horas, lo cual le resultaba
asombroso a una niña crecida en la disciplina de
usarla sólo lo imprescindible.

Gracias al derroche luminoso de numerosas y variadas lámparas, el contenido de El Gran
Damasco resplandecía. Vitrinas cargadas de jo-

yas ordenadas según el volumen de su magnificencia, armarios atestados de sábanas de hilo y
encajes, porcelanas de airosas formas, candelabros, bustos de bronce, cuadros, juegos de café,
cuberterías, manteles bordados, sonajeros, deda-
les, ceniceros y figurillas de plata, todo cuanto se
pudiera desear. Tampoco los muebles, las mesas,
sillones, reposapiés, mecedoras y sofás entre los que
don Fernando se movía blandiendo una lupa que
llevaba colgada del cuello mediante una cadena
de oro se parecían en nada a cuanto había visto:
ni en el cine había asistido a una acumulación como aquélla.

Mientras su marido atendía a los clientes,
doña Asun permanecía sentada en uno de los bu-
tacones, con Amelia y yo literalmente a sus pies,
ocupando dos banquetas de estilo *recamier,* o eso
decía la señora. Doña Asun era alta, gorda y bruta,
e iba enjaezada como una mula lista para recibir
la bendición de san Antón. Poseía un rostro de
rasgos aquilinos desdibujados por la edad y la
glotonería, enquistado en una cabeza rotunda,
de pelo corto teñido de azabache. En cada oreja,
un gran brillante rematado por una perla aún
mayor, lo que se llamaban pendientes «tú y yo»;
eran también de perlas las ristras que le ceñían el
papo por la base, pero aquí se acababa la combinación. El resto, desde el reloj de gruesa pulsera
hasta la colección de brazaletes tintineantes que
la cubrían de codo a muñeca, pasando por los
dijes que llevaba prendidos a la pechera, era un

bazar en sí mismo. La masa de su cuerpo estaba siempre envuelta en telas caras, cuyos nombres mi madre y el tío me habían enseñado pero cuya textura aprendí gracias a los vestidos de doña Asun, que convirtieron la teoría en práctica bajo la punta de mis dedos: brocado, seda, lino, crepé, raso, hilo, terciopelo, muselina, batista, organdí, moaré, satén. Tapizada como un tresillo y enjoyada como un faraón, doña Asun parecía un muestrario ambulante del negocio familiar.

Otra cosa era su marido, al que ella se dirigía como una moza coqueta —los dos debían de rondar la sesentena—, utilizando un lenguaje zarzuelero.

—Truhán —le espetaba—. ¿Por qué me tienes tan loca?

El pobre don Fernando se hacía el sordo y seguía conversando con sus clientes. Era bastante más esbelto que su cónyuge, e iba impecablemente trajeado —más palabras: alpaca, popelín, paño inglés, cachemir, pelo de camello, cheviot, príncipe de Gales—, con un bien planchado pañuelo asomando por el bolsillo superior de su chaqueta y el pelo, medio rubio medio ceniciento, peinado al agua con raya al lado. Delante de su mujer se le veía cohibido, como si temiera que hiciera el ridículo.

—Perillán —insistía ella—, mira cómo estoy por tu culpa.

Mi tía esbozaba una risa de conejo:

—Ande, ande, no se queje. Ya quisieran muchas tener un marido como el suyo.

—Aquí donde me veis —cansada de reclamar la atención de su cónyuge, regresaba a nosotras—, yo, cuando este malandrín me sedujo y me hizo abandonar a mis pretendientes, tenía una cinturita así, me podía abarcar con las dos manos. Pero los cuatro partos acabaron por ensancharme, y para qué, si el único hijo que me vive, el pequeño, es marino y me visita una vez al año. Me tengo que ver sola, aguantando los ataques de celos de este moro, que en privado me hace escenas terribles, porque no soporta que otros hombres me cortejen. Una niña habría sido mejor. Las niñas son de las madres.

Me observaba con cierta gula distraída:

—Manuela, ¿quieres ser mi nenita? Te pagaría estudios de piano. Tienes unas manos preciosas. ¿Qué estaba diciendo? Ah, sí. Mis pretendientes. Iba yo toda almidonada por la estación de San Sebastián, porque mi madre, que era la cantinera, me vestía como una muñeca, iba yo pregonando mi mercancía: «¡Al rico caramelo de Logrooooño!», cuando este canalla, que era un doncel guapísimo, con esos ojazos azules que tiene, me echó un requiebro, y para los restos. Pensar que pude haberme casado con un marqués. ¡Fernando! —tronaba—, diles que es verdad, que tuve un pretendiente marqués.

—Sí, Asun, el marqués —respondía Fernando mecánicamente.

—Era del séquito de Alfonso XIII, que como tú sabes, nenita, veraneaba en San Sebastián, y me compraba caramelos para doña Victoria Eugenia. Seguro que, de haberme casado con él, seguiría delgada, porque me habría respetado, no como este rufián que no piensa más que en lo mismo.

Yo le tenía cariño a la pareja, aunque en su presencia, y esto me sigue ocurriendo ante los ricos, no sabía qué hacer. A veces, doña Asun se asomaba al balcón de su casa, que ya he dicho que quedaba frente al nuestro, y hacía señas a las mujeres de mi familia para que me mandaran con ella. Se producía una frenética actividad, consistente en meterme en el lavadero y frotarme bien con jabón y estropajo, para luego enjuagarme con agua abundante que mi madre calentaba en una gran olla. A continuación, Mercedes me ponía mi mejor vestido, y me peinaba con trenzas, tirándome del pelo, empapado en agua de colonia Galatea, con tal fuerza que todavía me hace daño. Remataba la faena con un par de lazos, y, acto seguido, era enviada a donde los Nacionales.

Cruzaba la calle muy tiesa, con las pupilas de mi madre y mi tía clavadas en la espalda, y debo reconocer que excitada por la inminencia de una serie de aventuras que ya anticipaba. Para empezar, me gustaba la escalera, limpia y sin desconchados, que tenía ascensor, una vetusta caja de madera con asiento y un hermoso espejo en el que habría pasado horas mirándome. Luego llamaba al timbre eléctrico —en casa todavía teníamos picaporte— y la criada —el eterno problema de doña Asun era encontrar criada: todas acababan por despedirse o ser despedidas, porque, según Amelia, el señor las achuchaba por el pasillo— me introducía en el salón, como si fuera una visita de importancia.

Del techo colgaba una aparatosa araña con multitud de lágrimas de cristal —estremecía pensar en lo que debía de costar limpiarla: aquélla era la verdadera razón por la que se quedaban sin servicio—, y apenas había espacio para moverse, entre tantos muebles que doña Asun mantenía enfundados todo el año. En ocasiones, de noche, cuando la araña estaba encendida, yo contemplaba desde mi balcón aquellas formas blancas que se dibujaban a través de los visillos y jugaba a creer que se trataba del salón de lujo del barco italiano, a punto de llenarse de gente elegante mientras se alejaba de la ciudad. A aquella edad, identificaba la misteriosa permanencia de las fundas a través de las estaciones con la forma de ser caprichosa de los ricos, y sólo con el tiempo comprendí que la razón de tanta pulcritud era que los Nacionales casi nunca recibían a nadie de rango suficiente como para desnudar los muebles. ¿Qué amistades de lustre podían tener, fronterizos entre su acumulación de tesoros y la miseria descarnada del Barrio? ¿A quién podía doña Asun invitar a tomar el té que fuera capaz de coger la taza levantando el meñique, tal como hacía ella y trataba de enseñarme a mí, creyendo que era el colmo del buen gusto? El salón enfundado, con la monumental reliquia de cristal encendida, tenía un destino de soledad, y quizá por eso doña Asun me hacía conducir a él por la criada, y esperarla durante unos minutos como si yo, en vez de una mandada, fuera una visita.

Lo primero que hacía doña Asun, una vez desarrollada la pantomima del recibimiento —si estaba en bata se apresuraba a declarar: «Mira, toca, es de seda china»—, era empujarme a la cocina para que tomara un gran tazón de café con leche. Abría la nevera —otra maravilla: nosotros usábamos una fresquera que dejábamos en el alféizar— y sacaba un enorme bloque de mantequilla, del que cortaba un pedazo que iba a parar a mi taza, manchando la superficie con grasientos rodetes. Me repugnaba, pero bebía con docilidad —«Necesitas alimentos, estás demasiado flaca»— porque, como la propia doña Asun, estaba deseando acabar con los prolegómenos para entrar en la parte más interesante de mis visitas: la exhibición de sus posesiones que la mujer realizaba en mi honor.

Empezábamos por el comedor, de componentes todavía más recargados que los que había visto subir al piso de la Alemana. Doña Asun levantaba los candelabros que, sobre la mesa, acompañaban una gran fuente. «De plata», decía. «Coge uno, mira cómo pesa.» Yo desplegaba una expresión de paulatina maravilla —era diestra en ir añadiendo emociones a mi cara, conforme veía, en la de doña Asun, cumplirse las expectativas que depositaba en mí—, pasando del susto —tenía que sujetarlo con ambas manos para que no se cayera— al asombro y de aquí a la interrogación final, que era lo que a ella más le gustaba: «¿Cuánta plata cabe en cada uno de éstos?». «Mucha, hija, mucha», recitaba la mujer, complacida.

A fuerza de repetir aquel ritual había aprendido a memorizar una reacción especial para cada objeto que ella me iba mostrando, haciendo lo imposible para coincidir con su opinión. Cuando abría la vitrina para enseñarme la multitud de cachivaches —platitos, conejitos, perritos, gatitos, saleritos, frasquitos: diminutivos para elementos diminutos y dispersos, procedentes de quién sabe qué hogares en donde formaron parte de colecciones completas—, yo sabía muy bien qué decir, cómo admirar convenientemente cada miniatura. El paso siguiente —la cubertería, extendida pieza a pieza sobre el cristal protector de la mesa— me encontraba lo bastante suelta para preguntarle para qué servía cada instrumento —por dentro, rezaba para que nunca me tocara utilizarlos—, y para fingir que no me daba cuenta de que las iniciales grabadas no correspondían a las suyas ni a las de su marido. Iniciales ajenas, también, en los servilleteros, y dedicatorias para otras en el interior de los anillos que pavimentaban sus dedos, en las joyas amontonadas en un maletín que guardaba en el cajón superior de la cómoda, y que abría con una llavecilla de oro que sacaba de la profundidad de sus pechos. ¿Has visto alguna vez una esmeralda con un destello azul? ¿Y un nomeolvides como éste, macizo, de un cuarto de kilo? Yo negaba con la cabeza y hacía como que no me enteraba de las iniciales y las dedicatorias. Era perfecta para que doña Asun presumiera sin tener que dar explicaciones.

El más asombroso de los objetos que los Nacionales atesoraban en su vivienda de la calle de la Unión era el piano. No se trataba de uno de cola, sino de esos más sencillos que se adosan a la pared, pero a mí me impresionaba tanto como el que tocaba José Iturbi, sin partitura y mirando al tendido, en *Levando anclas*. Doña Asun me sentaba en el taburete y luego abría el piano de sopetón, y a mí me cautivaba el enigma que las teclas escondían tras su aparente sencillez de blanco y negro. «Anda, toca», ordenaba doña Asun. Yo presionaba tímidamente una tecla y me quedaba embobada viendo que había sido capaz de arrancar un sonido. «Tienes manos de pianista, deberías recibir lecciones.» En aquella casa nadie sabía tocar el piano, el instrumento estaba allí como objeto de prestigio que permanecía silencioso las veinticuatro horas, instalado como una sombra en el pasillo, entre el comedor y el cuarto de costura, que era el lugar en donde se desarrollaba el último acto de la demostración, cuando doña Asun abría las puertas de los armarios para dejar colarse en la habitación una brisa interior que olía a azulete y a espliego, a manzanas y lejía. «Hilo holandés y encaje de Bruselas, batista y bordado a realce, calados finos, festón de hilo de oro», recitaba la mujer, señalando con sus uñas rojas los montones de sábanas y manteles.

Una vez pasada revista a sus posesiones, nos sentábamos a la mesa camilla y yo me entregaba a la tarea para la que había sido llamada: leerle en voz alta. En algún rincón de aquella mente cursi debía de esconderse la idea suprema del refinamiento, encarnada en el hecho de poder disponer de una lectora a domicilio. Imagino que se soñaba a sí misma tumbada en un canapé rococó, y que me veía a sus pies con un libro abierto, a ser posible de cuero, con incrustaciones doradas.

—Un verano de estos te llevaré conmigo a la finca, para que me leas allí también —era su promesa habitual que, por suerte para mí, no se cumplía, porque me sonaba a amenaza.

Y es que a doña Asun sólo le gustaba el *¡Hola!*, y me hacía leérselo de cabo a rabo, de los chistes a las recetas de cocina.

Muchos años después, cuando vi *Kramer contra Kramer*, la escena en que Meryl Streep observa a su hijo desde su escondite en un bar me recordó la reaparición de mi padre. Creo que en la película —o sólo imagino que es así— se ve el rostro de la mujer a través del cristal, en el que se refleja la figura del niño a la salida del colegio.

Mi padre volvió a mi vida reflejado en el escaparate de la papelería de la calle Marqués de Barberá, cuando me encontraba ante la vitrina, calibrando, indecisa, las gomas de pan de distintos colores y tamaños, y calculando cuál podría comprarme con los céntimos que había sisado durante la semana. Las mujeres me habían mandado a por sedalinas a la mercería que estaba cerca de San Ramón, y a la vuelta aproveché para admirar el material escolar que se exhibía en uno de mis comercios preferidos del Barrio. Al alzar la vista para admirar las libretas que ocupaban el anaquel superior del escaparate fue cuando le descubrí, tenso y silencioso, a mis espaldas. Su imagen intimidatoria contaminaba la inocencia del material escolar sobre el que se proyectaba.

Algunos mecanismos de autodefensa que se desarrollan durante la infancia no nos abandonan nunca. En aquella hora, día y lugar nació en mí, de forma instintiva, una práctica que me ha sido muy útil en los momentos difíciles: el desdoblamiento. Yo no estoy aquí y esto no me está ocurriendo a mí, puesto que me encuentro en otro lugar. Y la persona que parece que soy yo y que se halla aquí, con el problema encima, no siente miedo ni dolor, y hará lo que tenga que hacer para salvarse. Con decisión entré en la tienda y cerré la puerta a mis espaldas.

Transcurrió un buen rato hasta que gané de nuevo la calle, pues la dependienta me conocía y le hacía gracia mi desmedida afición a los lápices, libretas, gomas y papeles secantes. Salí y caminé hacia Unión mirando sin ver, pendiente de los adoquines, repitiéndome yo no soy yo y por tanto él no es mi padre y no puede hacerme daño. No me dirigí a casa, me horrorizaba lo que podían combinar mamá y Amelia si les contaba lo ocurrido y, además, no quería que mi padre me arrinconara en la escalera, en donde no podría defenderme. Necesitaba estar rodeada de gente, y eché a correr hasta que me encontré, sin aliento, empinada delante del mostrador de mármol de la bodega.

En casa me mandaban con frecuencia a comprar gaseosa, un litro de vino y, sobre todo, hielo, un bloque de peseta que cargaba en un cubo, contenta, chupando un trocito extra que Andrés, el bodeguero —orondo como un barril con delantal— acostumbraba a regalarme, como a otros niños del Barrio. Ahora Andrés me contemplaba, entre inquisidor y divertido:

—Hija, Manuela, vaya sofocón que llevas. ¿Quieres un vaso de agua?

Bebí despacio, mientras intentaba inventar una buena historia que me permitiera quedarme allí un rato. Era una hora de la tarde, la que transcurre entre la última claridad y el encendido de las farolas, en que aquella parte del Barrio bullía con una actividad trepidante. En los almacenes de revistas, los aprendices iban y venían trasegando paquetes a las furgonetas, preparando el reparto del día siguiente por los quioscos de la ciudad. Las putas viajaban del Orgía a «Habitaciones», dejando a medias luminosos vasos de pippermint en los que había quedado impresa la huella de sus labios, y los clientes que las acompañaban salían un rato después, solos, deslizándose como sombras en dirección a la Rambla. El dueño de la tienda de ultramarinos ponía en oferta las últimas frutas y verduras, pregonándolas a gritos, y, en la bodega, iban reuniéndose los hombres que habían acabado su jornada.

No te vuelvas, no mires a la calle, le dije a la que no era yo porque yo estaba en otra parte, sin dejar de sonreírle al bodeguero. A mi alrededor se discutía con animación, y pronto comprendí que la conversación giraba en torno a *Gilda*, que era, con *Lo que el viento se llevó*, la película que más huella había dejado en el Barrio, y que estaban reponiendo en uno de los cines cercanos, creo que el Barcelona, o quizá el Edén. Agarré la oportunidad por los pelos y le dije al bodeguero que había visto esa película muchas veces, y eso que no era apta para menores, gracias a que el acomodador del Alarcón era amigo de mi tía y nos dejaba entrar de gorra, y hasta repetir sesión, si queríamos.

—Vaya por Dios —se chanceó el hombre, y siguió secando los vasos que sacaba del fregadero lleno de agua.

—Sí, me sé la canción de memoria.

Funcionó. Entre risas, Andrés y unos cuantos contertulios me ayudaron a subirme a una de las mesas y, echándome una greña de mujer fatal sobre un ojo, me levanté con una mano la faldita, mostrando una rodilla algo costrosa pero no tanto como las de los niños que jugaban en la calle. «Amado mío, te quiero tanto, no sabes cuánto, ni lo sabrás.» Era la versión castellana que había aprendido de los cancioneros, y continué como pude, inventándome o repitiendo estrofas para alargarme y retrasar el momento de dejar la bodega. «En tu mirada, mai lof, mai darlin», canté, contoneándome, entre el regocijo general y con una euforia que experimentaba por primera vez, supongo que producto de ser el centro de atención, y también por la sensación de libertad y olvido, algo que he vuelto a sentir cada vez que he entrado en un bar, sobre todo cuando me acomodo en la barra: como si el mundo, igual que el Barrio, y aquella tarde mi padre, quedara detrás, neutralizado.

La Alemana me encontró recibiendo calderilla de la clientela y chupando el trozo de hielo, el doble de grande que de costumbre, con que Andrés había premiado mi actuación.

—Vamos, criatura, que las brujas están como locas gritando que te han raptado y que van a tener que ir al cuartelillo. Como es natural, no se les ha ocurrido ponerse a buscarte, estaban demasiado ocupadas sufriendo por ti.

—Me van a pegar.

—Esta vez, creo que te lo mereces. Llevas unas pintas...

Trató de recomponerme antes de entregarme a las dos furias, cuyo enojo se multiplicó al encontrarse con que era la odiada Alemana quien les devolvía el tesoro por el que clamaban a voces.

«Ojalá te hubiera ahogado al nacer», dijo mi madre, antes de clavarme el primer bofetón. Comprendo que, dicho así, resulta muy crudo, pero nunca pensé que sus frecuentes invocaciones a mi desaparición mediante fórmulas relacionadas con la asfixia —tema al que era muy aficionada: solía devorar una revista de sucesos que hablaba de los sepultados vivos y que tenía unos dibujos casi tan alentadores como los de la historia sagrada, sección antiguo testamento— significaran desamor por su parte, sino, simplemente, que habría preferido que las cosas fueran de otra manera.

Tampoco a Ismael le conté lo de mi padre. Se iba a disgustar, y mis correrías clandestinas por el Barrio se verían aún más restringidas. La forma en que había burlado al Paisano me envalentonó, haciéndome pensar que quizá se cansaría de que le esquivara y acabaría por desaparecer, haciendo innecesaria la intervención de los adultos. Con la misma candidez con que los niños pequeños, al jugar al escondite, creen esfumarse para los demás cuando cierran los ojos, pensé que la amenaza de mi padre se disiparía con mayor facilidad si no le nombraba. Aquella noche, poco antes de que empezara el programa de tangos, el tío me preguntó qué había pasado para que las mujeres me mandaran a la cama sin cenar. Le dije que nada, que entré en la bodega a pedir un vaso de agua y Andrés me había convencido para que cantara.

—Y, después de cantar, no se te ha ocurrido nada mejor que pasar la gorra —me miró, severo.

Por fortuna, en aquel justo momento sonaron los compases del primer tango, que reclamó toda su atención porque era *Por una cabeza,* su favorito: por una cabeza, todas las locuras, su boca que besa borra la tristeza, calma la amargura. La voz del intérprete se condensó resueltamente, y yo me sentí salvada, al menos por el momento.

Mi tío solía trabajar con la radio prendida, sobre todo a la hora del disco solicitado. Cuando daban un tango, dejaba lo que estaba haciendo para aleccionarme con frases como «Esto sólo lo ha cantado bien Gardel», o «Fíjate en la letra, que es muy sabia». Así aprendí el significado de palabras lunfardas como boliche, macana, bacán, yirar, bulín, engrupir, mina, pollera, grela, piantar, malevo, pebeta, fané y, por supuesto, descangallada; y de otras muchas que, gracias a él, aún no han perdido su capacidad de fascinación, quizá porque nunca estuve —nunca quise estar— en Argentina y puedo seguir viéndola a nuestra manera.

Además, Ismael seguía rigurosamente la programación de una emisora radiofónica que, una noche a la semana, incluía una selección de tangos. Eso ocurría de madrugada, y mi tío, como un chiquillo ilusionado, se acercaba a mi cuarto poco antes para ver si yo estaba aún despierta, cosa que sucedía con frecuencia, a causa de mi tos. Le sentía merodear cerca de la puerta, en espera de una señal, y casi nunca le defraudé. En invierno, me cubría con mi abrigo, me ponía calcetines y zapatos, y le seguía hasta la sala, en donde reinaba el gran aparato de madera que diariamente convocaba a toda la familia para escuchar a Pepe Iglesias, El Zorro, así como el serial —me enamoraba la voz de Juan Manuel Soriano—, y el programa benéfico del señor Dalmau y el señor Viñas, que contaba con la participación de niños en directo. Una vez les escribí una carta, y me contestaron. El tío me acompañó a los estudios y me esperó al pie del escenario, mientras yo saludaba por el micrófono a mi madre, a mi tía, a la prima Irene, a la tía Palmira y al primito Tomeu, que me estarán escuchando, y recitaba una poesía corta. Luego me llevó al Cosmos, pidió un vermú para él y una gaseosa para mí, que tiñó con unas gotas del líquido rojo, y contó a los camareros que yo no había tenido miedo y me había desenvuelto muy bien.

Esas madrugadas tangueras nos sentábamos ante el aparato de radio, que era voluminoso, de madera brillante —lo limpiaba él mismo, con una gamuza especial que no podíamos usar para nada más—, y estaba colocado encima del aparador, como un objeto de opulencia y cultura que merecía nuestra veneración. Con el sonido muy bajito para no despertar a las mujeres, pegados al receptor, aguardábamos a que el locutor anunciara el contenido del programa. Mi tío acotaba sus palabras, los títulos y autores, con gestos de aprobación —con los años me di cuenta de que le gustaba cualquier tango, hasta los más infectos— que se convertían en manifestaciones mudas de entusiasmo cuando la lista incluía alguno de sus predilectos. El mío era *Silbando*, que hacía volar mi imaginación hacia paisajes desconocidos: «Una calle en Barracas, al sur, una noche de verano, cuando el cielo es más azul, y más dulzón el canto del barco italiano... Una calle, un farol, ella y él, y llegando, sigilosa, la sombra del hombre aquél a quien infiel le fue una vez la ingrata moza».

Ser infiel o ser ingrata era algo cuyo significado aún se me escapaba, pero sí sabía algo de sombras que siempre regresan, y que no te dejan en paz.

Aquella noche de primavera, el balcón permanecía entreabierto y de la calle llegaban risas de mujer, tintineos de vasos y algún reniego seguido de nuevas carcajadas que parecían integrarse sin esfuerzo en la letra de los tangos. El programa duraba casi una hora. Cuando se terminó, Ismael apagó la radio y el eco de cuanto habíamos escuchado quedó dando vueltas en la oscuridad, como si los hombres llorosos y obligados a beber para olvidar a mujeres malas que les habían abandonado —lo cual resultaba bastante incomprensible para mí, acostumbrada a que sólo se largaran ellos— estuvieran todavía entre nosotros, raspando el aire con su aliento espeso.

Ante el repentino silencio temí que el tío se decidiera a reñirme por mi comportamiento de la tarde, y pregunté, para conducir su mente por otros derroteros:

—Tío, ¿eso de que las mujeres los dejen plantados por otro es algo que pasa sólo en Argentina?

Tiempo atrás, el tío y yo habíamos inventado un juego. Como a él le fastidiaba contarme cuentos —llamaba animaladas las aventuras de

Hansel y Gretel, de Piel de Asno o de la *rateta* que barría la escalera y encontró una moneda, que por aquel entonces me contaba mi madre—, lo que hacía era proponer historias, y dejar que yo las continuara cuando se le terminaba el fuelle. Me gustaban tanto que me aficioné, y seguí pidiéndoselas mucho después de que los cuentos de Mercedes dejaran de interesarme. La que más me divertía era la que el tío situaba en Argentina, porque figuraba que los dos estábamos allí y paseábamos del brazo por Buenos Aires o nos dejábamos atravesar el pecho por el viento helado de la Patagonia. El tío, que había leído mucho, sabía también que, más al sur de Barracas, se encontraban los glaciares que, cuando llega el calor, se resquebrajan lanzando bloques de hielo como gigantescos salivazos. «Figuraba que yo tenía una sastrería en la calle Corrientes», mentía él, «con dos maniquíes en el aparador como los que hay en la calle del Hospital, pero en vez de ir vestidos de camareros, iban de gauchos». Yo le preguntaba qué era un gaucho, aunque me lo sabía de otras veces, y el tío hablaba de la pampa, que es igual de grande que el cielo, pero color de oro, y de los caballos y los asados de carne bajo las estrellas.

Nunca se cansaba de responder a mis preguntas, y aprovechaba cualquier oportunidad para impedir que me encandilara la misoginia del tango. Me aleccionaba:

—No olvides nunca que el odio a la mujer, en los tangos, es sólo una forma de hablar, tan

falsa como que los hombres sean todos unos ca-
nallas, que es lo que enseñan las canciones de
Conchita Piquer que les gustan a tu madre y tu
tía.

Ismael detestaba la canción española, ahí yo
le traicionaba sin remedio, y más de una vez me
encontró frente al espejo del armario, cantando,
desmelenada: «Llévame por calles de hiel y amargura, ata mi cintura y hasta escúpeme, y échame
en los ojos un puñao de arena, mátame de pena,
pero quiéreme», o bien: «Yo soy la otra, la otra, y
a nada tengo derecho, porque no llevo un anillo
con una fecha por dentro», y en esas ocasiones se
ponía hecho una furia, como cuando me reñía por
haber hecho mal los deberes de leer, escribir y las
cuatro cuentas, que era toda la instrucción que
recibía entonces.

—La otra, tú, nunca —repetía—. Todo lo
que te cuentan éstas, de llevar la cruz y sufrir en
silencio, son mandangas. Cuando seas mayor, si
encuentras un hombre, tendrá que quererte a ti
sola. Y si no lo encuentras, santas pascuas. Tú tienes que ser tú, y eso es lo único importante. No
permitas que nadie te lo quite.

Por eso me extrañó, la noche que siguió a
mi castigo, que se quedara callado ante mi pregunta sobre si en Argentina eran las mujeres quienes
dejaban a los hombres. En lugar de contestarla, y de
aprovechar, como solía hacer, para inventar nuevas fabulaciones acerca de Buenos Aires y de la
gente que llevaba sombrero y paseaba por la ave-

nida de Mayo, se levantó y se dirigió al balcón, y permaneció un rato mirando a la calle, en silencio. Está enojado de verdad, temí, y me quedé quieta junto a la radio, en espera de la regañina.

Se volvió y, para mi asombro, vi que no estaba enfadado:

—¿Tienes hambre? Poco que comes, y encima te han mandado a la cama sin cenar. ¿Te hago una tortilla?

Negué con la cabeza.

—Ven.

Me acerqué y me senté en su regazo. Por la calle circulaban grupos de juerguistas rezagados, armando jarana. Durante un minuto no dijo nada, pero hundió su cabeza en mi cuello y a mí me pareció que nunca habíamos estado tan cerca.

—El domingo iremos a Les Planes —dijo, por fin—. Se lo diremos también a Palmira, para que venga con Irene y Tomeu. ¿Estás contenta?

En mi lista de aventuras inolvidables, las contadas excursiones a los merenderos de Les Planes figuraban en segundo lugar, después del día del Corpus y antes de los ensayos del Conjunto Frenesí.

Permanecimos largo rato en la oscuridad, yo aspirando su acre aroma a jabón de afeitar y nicotina.

—No todos los hombres se van —habló, por último, apretándome como queriendo comunicarme por los poros, de piel a piel, lo que no podía decirme—. Algunos se quedan, Manuela. Algunos se quedan.

En la lejanía del puerto, cerca de mi corazón, sonó la sirena de un barco.

Fue un día tan perfecto que ni ellas pudieron estropearlo.

Cuando el tío anunció que había cobrado un trabajo y que lo celebraríamos yendo todos a Les Planes, Amelia torció el gesto y protestó:

—Con este dinero podríamos ayudar a Paquita para que se case con el tonto.

—A Paquita le irá mejor si se despeña por un barranco —contestó abruptamente el tío—. Y que tengas claro que el tonto es él, no yo.

De mala gana, las mujeres iniciaron los preparativos. Según ellas, las excursiones no les proporcionaban más que faena suplementaria y muchos quebraderos de cabeza. «Hay que cargar con todo, y en resumidas cuentas, ¿para qué?», protestaba la tía, que en la naturaleza se sentía desarraigada, desgajada de la red de comunicación que le permitía conservar el control. Sin embargo, la idea de que la familia de Ismael también vendría acabó por animarla. El campo no resultaría tan desagradable con Palmira contando desgracias.

Como suele ocurrir, los preliminares de los grandes acontecimientos brindan tantos motivos de regocijo como el hecho mismo, si no más.

Exultante, ayudé en su trajín de bártulos a las mujeres, que bajaron cestas y bolsas de lo alto del armario, y fui a comprar con ellas los manjares que el tío consideraba de ritual en toda excursión: pimientos morrones, atún y alcaparras para la ensaladilla rusa, y carne, costillitas de cordero y chuletas de ternera, para hacer a la brasa en las parrillas públicas del merendero. «Es que mi marido», presumía la tía en las paradas de la Boquería, «para la comida es muy tiquismiquis. Si la carne sale dura o poco gustosa se pone hecho una fiera».

Una incógnita que sólo se resolvía la víspera era la compra del fuet. No se trataba de un fuet cualquiera, como los que tenían en la tienda de abajo, sino de una calidad excepcional que sólo los Nacionales podían permitirse comer a diario. Lo vendían en La Castellana, una charcutería de la Rambla que también era bar y que olía divinamente, y a mí me parecía suculento, en especial como lo cortaba el tío, en trozos grandes que te daba como aperitivo, sin pan —el odioso pan, que según Amelia era de Dios y ni se te podía caer al suelo, había que besarlo después de recogerlo—, sin camuflajes, desnudo y valioso por sí mismo, quitándole antes la piel:

—Saboréalo —decía—. Un gusto así tiene que quedarse en el paladar y en la memoria.

De modo que, la mañana del sábado, mientras las mujeres hacían recuento de víveres e inspeccionaban los trastos que habrían de acarrear, me sentaba a esperar, con las antenas puestas, el menor signo de que el presupuesto del tío alcanzaba para un fuet de los buenos. De algo estaba segura: si a mediodía no se había producido la menor insinuación al respecto, podía irme despidiendo, y entonces guardaría la nueva desilusión con las otras, bien escondidas tras la coraza estoica que me estaba construyendo. La una de la tarde era la hora límite, porque, a Ismael, lo que le privaba era ir a La Castellana antes de comer, para coincidir allí con sus amigos del Jai-Alai.

La víspera de la excursión no sólo fuimos, compramos el fuet e hicimos el vermú, sino que Ismael invitó a todos y hasta me dio a probar, por primera vez, mojama, que eso era de lo más caro, aunque a mí me pareció que tenía demasiada sal.

—No se lo digas a las mujeres —me presionó el cuello con la mano, de regreso a casa. Yo sostenía el fuet como si fuera la custodia—, es que tuve un golpe de suerte en el frontón, la otra tarde.

Sabía a qué se refería: cuando me llevaba con él al Jai-Alai les veía, a Ismael y a los otros —hombres simpáticos de los que yo, no obstante, no me fiaba, porque me recordaban a mi padre y me hacían pensar que eran, a su vez, padres de alguien a quien quizá abrumarían por la noche, al volver a casa; Ismael, en cambio, nunca sería puesto a prueba, o eso pensaba yo—, trasegar con dinero y cabrearse porque tal pelotari o tal otro les hacían perder lo que llamaban apuestas. Me sentí orgullosa de que esta vez hubiera ganado, aunque deseaba haber estado presente.

El domingo nos levantamos muy temprano para disponerlo todo, incluidos los platos y vasos de aluminio algo abollados, y los frágiles cubiertos a juego que se guardaban para tales ocasiones, y las fiambreras, así como un insólito vaso de plata —objeto de veneración por parte de Amelia y mi madre— que me había regalado doña Asun por mi último cumpleaños, que sólo usaba yo y tenía grabadas en oro cuidadosas iniciales ajenas que no puedo recordar, y una frase —«Que seas siempre tan feliz como en éste tu día»—, bordeando el relieve de un cáliz y una hostia, también en oro. Era el regalo de comunión de quién sabe qué niña, uno de los muchos testigos de otras vidas que habían ido a parar a El Gran Damasco. A mis once años, no había hecho la Primera Comunión, pienso ahora que, más que por ideología, por negligencia: yo era un ser socialmente inclasificable sobre el que la familia poseía todo el control y, en casa, las obligaciones sólo se cumplían cuando no quedaba más remedio, cuando las señoritas del Auxilio Social apretaban su cerco o había que conseguir un favor, previa presentación de un documento.

El vino y la gaseosa, dijo el tío, los compraríamos en el merendero, a cambio de usar una mesa y la parrilla. Mi madre envolvió patatas cocidas, con su piel, y huevos duros, todavía calientes, en páginas de *La Vanguardia* que Ismael guardaba y que, convenientemente troceadas, servían para envolver toda clase de objetos y para que nos limpiáramos el culo. En una bolsa aparte, de la que se responsabilizó personalmente, el tío introdujo el mortero con su mazo, los huevos crudos que utilizaría para la mahonesa y una cabeza de ajos para el all-i-oli.

A las nueve de la mañana ya estábamos los cuatro en las galerías subterráneas de la Avenida de la Luz, que olía a barquillos calientes, y en donde había un cine de sesión continua que empezaba por la mañana, al que, según Amelia, iban hombres solos y mujeres casadas que mentían diciendo que estaban haciendo la compra. Por el tono en que lo dijo, y por los cabezazos de aprobación de mi madre, deduje que el Avenida de la Luz, por un incomprensible azar, era un cine digno de figurar en la lista de Cosas Prohibidas del Barrio, a pesar de hallarse en la plaza de Cataluña, en cuyos aledaños empezaba el territorio de los cines lujosos, los que, según Mercedes, sólo las personas con dinero, bien vestidas y dotadas de buenos modales, podían frecuentar.

Como si me hubiera leído el pensamiento, mi madre comentó:

—Para cines, el Fémina y el Windsor, que son el no va más. Aunque os digo una cosa: para entrar en sitios finos, lo más importante es la educación. Yo, porque no tuve suerte, y encima me tocó el Paisano, pero hubiera hecho un buen papel en otros ambientes. En la finca de San Cugat me respetaban, porque veían que no era como los otros trabajadores, tenía modales, y era humilde. En esta vida hay que saber obedecer. Respeta, y te respetarán.

—Pues en la finca bien que te dieron por saco —comentó el tío, que estaba de un humor excelente.

No obtuvo réplica, porque justo entonces se nos unieron Palmira e Irene, precedidas por un Tomeu resplandeciente, que acababa de estrenar alpargatas y no veía el momento de enseñármelas. En el tren que iba a Les Planes, Tomeu y yo nos apresuramos a ocupar un asiento de ventanilla, escoltados por Irene, que se puso a nuestro lado. Enfrente se instalaron Amelia y Mercedes, con Palmira en medio. Yo no conocía más trenes que aquél y el que, en verano, nos llevaba a Masnou algún domingo, en una excursión similar, pero con la playa como destino. Sin lugar a dudas prefería éste, que parecía un metro hasta que, al cabo de unas cuantas estaciones, abandonaba la oscuridad y emergía al cielo abierto, atravesando un paisaje de enmarañada belleza, que olía a pinos y a flores, en una transfiguración que yo asociaba a la historia del patito feo que se convirtió en un hermoso cisne, mi preferido entre los cuentos que en otro tiempo me contaba mi madre. Al tío no le gustaba, aunque, cuando le preguntaba por qué, se limitaba a contestar: «Algún día aprenderás a diferenciar lo bello de lo inútil».

El tren de Masnou solía ser tomado al asalto por una multitud que aguardaba en el andén con sus bolsas de playa, y allí yo sentía miedo: a que me empujaran y me hicieran caer a la vía, a morir aplastada por los cuerpos sudorosos que se hacinaban en el vagón, a ser separada de los míos por una avalancha, a que me olvidaran al llegar a Masnou y bajaran sin mí, condenándome a ir hasta quién sabe dónde, sola y desamparada. Esta posibilidad, con ser mala, no resultaba peor que lo que me esperaba cuando llegábamos, finalmente, sanos, salvos y completos a la playa. Entonces venía la segunda parte, y era que todos se empeñaban en que aprendiera a nadar, incluido el tío, que sostenía —único detalle de brutalidad que advertí en él durante mucho tiempo— que los niños sólo pierden el miedo si se les echa al agua sin previo aviso y creen que van a hundirse. Supongo que tenía razón, aunque no contaba con que mi imaginario marino estaba notablemente perturbado por las diversas amenazas de muerte por inmersión que aligeraban la vida de la bocazas de mi madre. No conseguí conmoverle hasta que, el verano anterior, le mentí diciéndole que mi único miedo era a tener un ataque de tos en plena zambullida. Se armó de valor y se metió conmigo en la piscina infantil de los baños públicos de San Miguel, en la Barceloneta, con su bañador de punto negro sujeto por un cinturón blanco y el agua llegándole a las rodillas. «Zangolotina, mira que eres zangolotina», rezongaba, más corrido que una mona. Y yo sonreía, feliz por aquella manifestación de amor.

El tren de Les Planes era muy distinto. Allí podíamos sentarnos juntos, o al menos lo bastante cerca como para no albergar temores, y no había gente arracimada, colgada de los estribos. Ismael, que generalmente prefería ir de pie, se sentó en una punta de la banqueta, al lado de Irene, con el cuerpo inclinado hacia los críos para darnos explicaciones y hacer que nos fijáramos en las torres que pespunteaban el recorrido a ambos lados de la vía, con sus terrazas acotadas por barandillas de piedra o mármol y grandes jarrones, como monas de Pascua, de los que brotaban cascadas de flores deslumbrantes que caían desmayadamente sobre la hiedra que enverdecía los muros. Desde la altura del tren podía ver, más allá de los setos recortados que medio tapiaban los jardines, columpios y mecedoras con gente que tomaba el sol, y mesas de pimpón bajo los emparrados. En un balcón, una niña vestida de rosa levantó una manita enguantada y la agitó al paso del tren.

—La torre de Sant Cugat era más grande que todas estas juntas —dijo mi madre—. Una verdadera finca, caminabas media hora por los campos antes de encontrar la casa. Y tenía unos cerezos que daba gloria verlos. En temporada, la señora me regalaba una cesta. Unas cerezas así, Manuela, que no las hay en el mercado iguales que aquéllas. Yo me las ponía de pendientes, y el señorito decía «Mira qué guapa se nos ha puesto hoy la *murcianeta*», hasta delante de su madre, que me tenía mucho cariño, y a mí se me subía el pavo.

—¿Falta mucho? —se impacientó Tomeu.

Le había crecido el pelo, que le quedaba como pinchos, aunque pronto volvería a tenerlo al cero: Palmira era inflexible cuando se trataba del afeitado semestral que le garantizaría una cabellera fuerte y abundante en el futuro. Reñía a mi madre por no hacer lo mismo conmigo, pero Mercedes no estaba dispuesta a que el vecindario creyera que me rapaban por tener la tiña, o cosas peores, y Amelia la apoyaba. Ya era bastante con que me supieran marcada por la bronquitis.

Embriagada por los comentarios del tío y la cercanía de Irene, tuve un mal pensamiento, que es como mi madre llamaba a desear que a otros les ocurra algo terrible: pensé en lo distinto que sería el futuro si el tren se partiera en dos justo entre nuestros bancos, y las tres mujeres desaparecieran arrastradas por la locomotora mientras Irene, el tío, Tomeu y yo nos quedábamos en la otra mitad, en el campo, libres y con las cestas.

—¿Habéis sabido algo de Feliu? —preguntó Amelia, decidida a que el trayecto le resultara más ameno.

Irene aprovechó que entrábamos en un túnel y el ruido del tren se ampliaba en la oscuridad para no contestar.

—Estoy aprendiendo francés —dijo Tomeu—. *Etualedenieche* quiere decir estrella de nieve.

—Eso es una canción que ponen mucho en la radio —intervino mi madre.

—Ahora les da por lo extranjero —comentó Amelia—. Desde que llegaron los americanos.

—A Tomeu le gusta, ¿verdad que sí, hijo? —Irene pasó la mano por los pinchos del crío—. Se la sabe de memoria.

El chaval empezó a canturrear una letanía intraducible. Cuando acabó le alabamos, y se quedó muy satisfecho. La verdad es que parecía francés, y ninguno de nosotros estaba en condiciones de corregirle.

—Para Les Planes quedan tres paradas —informó el tío—, pero nosotros bajamos antes, en el apeadero.

Todavía hoy puedo caminar, si cierro los ojos, por el suave declive que, desde la estación, se perdía en el bosque, que era la tierra ignota, lugar de maravillas para una niña acostumbrada a las dimensiones del Barrio. Tomeu, más familiarizado con el campo, saltaba delante de nosotros, pero yo me adentraba en la espesura con precaución, temerosa de que mis alpargatas resbalaran por la pendiente sembrada de agujas de pino, clavando con fuerza los talones, tal como Ismael recomendaba. Por fin llegamos a la explanada en donde se encontraban las mesas de madera con sus bancos, y una hilera de fogones enormes, de ladrillo, ennegrecidos por el fuego. Éramos los primeros en acudir. Del chiringuito cercano surgía la voz de Pepe Blanco en la radio: «Cinta negra, pelo negro, como el de aquella morena».

—Vamos a pedir la parrilla y a encargar el vino —dijo el tío—, y luego buscaremos leña. Vosotras ya podéis empezar a trabajar.

Obedientes, las mujeres desplegaron sobre la mesa un gran mantel a cuadros blancos y azules y dispusieron encima las vituallas. Irene era la única que no había salido de casa con el delantal puesto, pero se lo había traído, y ni siquiera aquel distintivo común, el mandil de percal negro con piquitos blancos y grandes bolsillos pespunteados ceñido en torno a la cintura, conseguía integrarla físicamente en el grupo. La naturaleza silenciosa de la prima, más acentuada aquella mañana, exasperaba a Amelia.

—Qué mala cara tienes hoy, Irene —le dijo, al tiempo que le tendía los huevos duros—. Pélalos con cuidado.

—Se ha pasado la noche escribiendo sobres —la justificó Palmira—. O no le dan trabajo, o se lo dan todo a la vez.

—Estoy bien —sonrió Irene.

—Tú puedes decir lo que quieras —Amelia la miró de arriba abajo y añadió, visiblemente complacida—, pero qué desperdicio.

Nos alejamos de su cháchara, anulada por la cercanía de Pepe Blanco: «De promesas amorosas, de promesas amorosas que después se lleva el viento, aaaaayyyy, mi sombrero», cantaba, mientras Ismael encargaba la bebida al hombre del chiringuito y nos prometía que, para el fuet, compraríamos alguna cerveza, que a Tomeu y a mí nos chiflaba por la espuma, que hacía cosquillas. Luego fuimos a por leña.

—Yo buscaré las ramas grandes y vosotros las cogéis de este tamaño —nos instruyó el tío—. Delgaditas y bien secas, son las mejores para prender el fuego.

A la vuelta, Ismael nos instó a jugar, pero yo sabía que mi madre me quería a su lado, sin moverme. Dije que prefería permanecer allí y ver cómo el tío hacía el all-i-oli, pero, de cualquier modo, provoqué una discusión, porque las mujeres sostenían que, si alguien mira, se corta, igual que se corta si está cerca una mujer que tiene la visita.

—Paparruchas —decidió el tío—. Mira, dejaremos el all-i-oli para después, hay tiempo de sobra. Ahora os vais a jugar, que no os he traído para que os quedéis pegados a la falda de éstas.

—Como te ensucies, te estrangulo —me advirtió mi madre, en su mejor tradición, antes de dejarme ir.

Para entonces, el merendero se había medio llenado de familias que, como nosotros, se disponían a disfrutar de un día de campo. Los críos ya se habían juntado para jugar, quizá se conocían de otras veces. Tomeu y yo nos miramos. Yo no tenía práctica en entablar amistad con gente de mi edad, pero él estaba acostumbrado a la calle, tenía su propia pandilla, con la que cambiaba cromos y tebeos viejos, e, instintivamente, fue hacia ellos. Le seguí, bastante rezagada, pensando que me iba a ensuciar, o a caer, o a cometer cualquier patosidad que me señalaría como intrusa. Deseaba integrarme, pero más fuerte que el deseo era el temor a sentirme rechazada. Tanto vacilé que no supe reaccionar cuando los chicos echaron a correr, Tomeu incluido, gritando y riendo, y se perdieron por una grieta de aire abierta en la maleza que delimitaba la explanada, frente al merendero. Cuando reaccioné y arranqué tras sus pasos, habían desaparecido. No me importó.

Nunca antes me había aventurado más allá de donde alcanzaba la vista desde nuestra mesa, y lo que vi cuando atravesé la barrera de matojos me desbordó. Era un prado grande y húmedo, grande como la libertad —o eso me parece ahora, y entonces también, aunque no sabía ponerle palabras—, porque me asusté de que me conmoviera tanto y lo tuviera para mí sola. Oí las voces de los críos a lo lejos, por el lado de los árboles que se amontonaban en el horizonte. Si corro acabaré por encontrarlos, me tranquilicé. Pero el prado, tupido de hierba tierna que resplandecía violentamente bajo el sol, me retenía como si sólo mi presencia lo hiciera posible, como si fuera a desaparecer en cuanto le diera la espalda. Me adentré con cuidado, temerosa de que mis pisadas causaran un daño irremediable. A medio camino, me tumbé mirando al cielo y jugué a abrir y cerrar los ojos, que es un juego precioso si lo practicas cuando hay mucha luz, porque al apretar los párpados es como si estuvieras en el cine, pero sin argumento, con personas desconocidas que cambian de aspecto, y formas y colores que van y vienen y que no puedes someter a tu voluntad. Abría y cerraba los ojos mientras mi cuerpo se humedecía a causa del lecho de hierba, y la notaba picándome los muslos, los brazos y la nuca, la hierba me tocaba brizna a brizna. Ojalá que me quede así para siempre, pensé, sin sentir nada más que la hierba, sin ver otra cosa que el revés de mis párpados.

Lo habría conseguido —permanecer así el resto de mi vida, atrapando imágenes con los ojos blindados y sellados frente al exterior— de no haber dado conmigo Irene, que al principio fue sólo una gran mancha de color azul eléctrico que desplazó a las otras formas y ocupó por completo la infinita pantalla de mis párpados. Creyendo que se trataba de una nube pasajera, continué inmóvil, hasta que su voz en mi oído derecho y su mano sobre mi frente se materializaron al mismo tiempo.

—Ay, Manuela, qué rara eres. Han vuelto todos y tú aquí, soñando. Vamos, que tu tío ya ha cortado el fuet, y la carne está casi hecha.

Me incorporé con una sensación de mareo.

—Tienes la cara congestionada por el sol, menos mal que he traído Nivea.

Sacudió las hierbas pegadas a mi cuerpo.

—Al menos, no te has empuercado, no te reñirán por eso. Tendrías que haber visto cómo ha aparecido Tomeu, hecho una mugre. Han estado subiendo a los árboles y revolcándose quién sabe por dónde.

Salí del prado como antes había salido de mí misma, franqueando el matorral por el agujero de aire, y volvieron las voces, los sonidos, y con ellos el olor de asados y el crepitar de leña en las parrillas, las risotadas de los hombres que —también Ismael— parecían satisfechos dando la vuelta a las piezas de carne o apartándolas del fuego si ya estaban hechas, mientras sus mujeres, igualmente complacidas, manejaban los códigos de su discreta complicidad. En ninguno de los dos bandos vi un sitio para mí, me sentí ajena a todos. Yo era de Irene y de Ismael, del mar y el puerto de donde zarpaban los barcos, de momentos especiales que no deseaba compartir. Pese a todo, la experiencia del prado —otro mar, aunque sólo mío, quizá una premonición del futuro— todavía me inflaba el pecho con una pujante felicidad.

Febriles actividades relacionadas con la liturgia del comer —cada familia, una pequeña manada animal ocupada en repartirse los alimentos— dominaban sobre los rasgos personales y concedían a hombres y mujeres el beneficio de un inofensivo objetivo común.

Mi madre rompió el hechizo:

—¡Ya me estás contando dónde te has metido!

—Ahí mismo, estaba ahí mismo, en la hierba —Irene saltó en mi defensa—. No se ha movido del sitio en todo el rato, ¿no es verdad, Manuela? Ha sido muy buena, mira qué limpia va.

·—Hum —rumió Mercedes, examinándome—. Algo habrá hecho.

—Me vino la tos —mentí— y me senté un rato a descansar. Luego me dormí, y se me pasó el tiempo sin querer.

—Hum —repitió, insatisfecha.

Irene me puso Nivea en la cara. Ismael se acercó, sonriente, con una fuente llena de costillas humeantes, y el aroma churruscado desplazó la incipiente ira de la maternidad siempre alerta.

—Te hemos esperado para el fuet —dijo el tío— y eso que éstas se lo querían zampar.

No tenía hambre, como de costumbre, pero al fuet no era capaz de hacerle ascos, y trasegué una gruesa rodaja ayudándome con dos dedos de cerveza mezclada con gaseosa.

—¿Qué tal? Bueno, ¿no? —preguntó, tratando de no mirar a su mujer, que después de poner cara de desganada se había lanzado sobre el embutido, y lo engullía mezclándolo con cucharadas soperas de ensaladilla rusa.

—Es mejor que el del año pasado —dije, para complacerle, aunque habría preferido contarle cómo era el prado. Bien pensado, el prado era difícil de contar, sobre todo con ellas delante.

El resto del día transcurrió sin sorpresas. En la sobremesa jugamos a las cartas, y luego los mayores se tumbaron bajo los pinos cercanos, a hacer la siesta: las mujeres juntas, Tomeu con la cabeza en el regazo de su madre, y yo, al lado de la mía. Ismael se alejó un poco y se quedó dormido con la boca abierta, roncando con un susurro leve, de moscardón.

A la vuelta, el tío dijo que le apetecía caminar un poco, que conocía un atajo hasta Vallvidrera y que podíamos coger el tren allí.

—Huy, no —protestó Amelia—. Ya sé yo dónde es, de solteros me convenció, y casi me mato. Es un camino para burros.

—Ni hablar —la apoyó mi madre—. A mí, si ando mucho, se me hinchan las piernas, tengo que mirarme la presión.

—Dios me libre —añadió Palmira.

Vi que una ráfaga de alivio distendía la expresión de Ismael.

—Podemos encontrarnos en la estación de Vallvidrera. Me esperáis en el bar, tomando un refresco, o en los bancos del andén. ¿Quién más quiere venir? —preguntó, con aparente desinterés.

—¡Yo! —grité, alzando la mano. Sabía que contaba conmigo.

—¡Y yo también! —Tomeu me secundó.

Que Irene también viniera, para vigilarnos, fue la consecuencia lógica de la estrategia diseñada por el tío.

Lo pasé bastante mal durante la bajada, por una vez la tía tenía razón, pero los resbalones y caídas de culo resultantes fueron compensados por la sensación de que, al menos por un rato, el tren se había partido en dos. La caminata duró casi una hora, e Irene e Ismael sólo cruzaron las palabras necesarias para glosar el paisaje, avisarse sobre las características del camino o referirse a nosotros. A medio trayecto el tío se detuvo, nos hizo desviarnos hacia la derecha y dijo:

—Ahora, lo mejor.

—¡Una fuente! —se alegró Irene—. Estoy muerta de sed.

—Nunca hay bastante sed para apreciar como es debido una fuente como ésta. Mira, Manuela, mana directamente de la roca. Y sabe a hierro, va muy bien para la salud.

Riéndonos y empujándonos nos acercamos al grueso chorro de agua que se perdía montaña abajo.

—Calma —dijo el tío—. Para que de verdad le saquéis provecho y os sepa a hierro, antes tenéis que comer chocolate.

Volvía a ser mi Ismael favorito, el de las maravillas, los descubrimientos. De la bolsa ligera que llevábamos con nosotros extrajo una tableta de chocolate, duro, amargo y negro, y la partió contra una piedra, distribuyendo los pedazos.

—Masticad despacio y luego bebed. Esto os aprovechará más que una medicina, sobre todo a vosotros dos, que estáis creciendo.

Lo dijo con los ojos fijos en Irene, que se había inclinado para beber a morro. Cuando la prima se incorporó, el agua le mojaba la cara, se deslizaba por su largo cuello moreno buscando la penumbra del escote. Unió las manos, formando un cuenco y me lo ofreció, rebosante.

—No sea que te atragantes con el chorro.

Bebí, sin respirar, hasta que mis labios toparon con sus palmas. Pese a la humedad, conservaban una sorprendente tibieza, un calor tan cercano como el que sentí durante el tiempo eterno en que estuve en el prado. Era como si lo mejor del día, que empezaba a morir, hubiera querido rezagarse en sus manos, como si, con aquel gesto, me lo diera a beber para impedir que su recuerdo se desvaneciera. Instintivamente, besé sus palmas suaves, y en seguida me avergoncé. Irene no dijo nada, y cuando levanté la cabeza vi que miraba al tío. Me giré, esperando sorprender a Ismael devolviéndole la mirada, pero él había reemprendido el descenso, con Tomeu detrás, agarrándose a su cinturón para no caerse.

Tal como lo veo ahora, el Barrio y mi propia familia oscilaban entre el esperpento y el naturalismo más crudo. Aquella primavera descubrí a Dickens, porque el tío decidió que estaba demasiado madura para seguir leyendo cuentos, y el primer libro sin ilustraciones que me regaló fue *Oliver Twist*. La ausencia de dibujos me produjo una punzante sensación de pérdida —similar a la que había sentido el día en que las muñecas recortables y su colección de vestiditos de papel, que guardaba como un tesoro en una caja de puros, y con las que pasaba horas jugando, dejaron de inspirarme interés—, que pronto se vio compensada por la apasionada devoción con que leí y releí sin cansancio las azarosas aventuras del protagonista, con quien me identifiqué de inmediato. Gracias a Dickens, la lectura dejó de ser un entretenimiento y se convirtió en parte de mi vida, más importante que comer, tan necesaria como soñar, un bálsamo para las heridas y un manantial inagotable de compañía.

Si, a la manera de Dickens en la mencionada obra, hubiera encabezado con un epígrafe cada uno de los pasadizos por los que ahora se desliza mi memoria, en este instante escribiría: «De cómo Manuela, merced a un incidente familiar sin importancia, enriqueció su percepción del Barrio».

Lo que ocurrió fue que Paquita, la prima preñada, intentó suicidarse bebiéndose una botella de salfumán mientras se hallaba de visita en la habitación donde la tía Hortensia vivía de realquilada. Hortensia, que no estaba tan loca como la gente creía, tenía la sensata costumbre de rellenar todo tipo de envases con su matapenas predilecto, y resultó que el contenido del frasco no era otra cosa que anís de garrafa. Paquita no murió, pero pilló una cogorza impresionante que la hizo gatear calle Arco del Teatro arriba y abajo, y este infortunado accidente requirió de los buenos oficios de Amelia a muy altas horas de la noche.

Hasta yo dormía como una bendita, disfrutando de una inusual tregua en la tos —efectos benéficos del prado o de las propiedades del agua con hierro y chocolate—, cuando alguien sacudió la aldaba de nuestro portal usando la habitual contraseña que por aquel tiempo hacía las veces de portero automático: tres golpes fuertes, porque vivíamos en el tercero, y un repicón, porque la nuestra era la primera puerta del rellano. Es decir: taaan, taaan, taaan, y después, ta-ta-ta-tán. Los golpes y los gritos que los acompañaban me despertaron de sopetón. Asustada por el ruido, me arrastré hasta el interruptor, pero ya tía Amelia había prendido la luz del pasillo e iba lanzada hacia el balcón, desde donde se puso a hablar con alguien. Temiendo una nueva bronca de escalera, regresé a la cama, me cubrí la cabeza con la sábana y me quedé completamente inmóvil, en la esperanza de que me creyeran dormida, o mejor aún, catatónica, como las mujeres que eran enterradas vivas en las revistas de mi madre.

No funcionó. Mercedes, con el semblante nublado por el sueño y cubierta por una vieja bata, me sacó de mi limbo de un tirón, y me llevó al recibidor, en donde se hallaba el resto de la familia, con dos desconocidos. De un vistazo comprendí que me enfrentaba a una situación novedosa y que, por una vez, mis parientes compartían mi perplejidad. Amelia, con los ojos pespunteados por secreciones amarillentas y los pelos enhiestos, parecía no acabar de asimilar lo que estaba ocurriendo y, todavía adormilada —eso que presumía de insomne, igual que de inapetente, pese a que la había sorprendido en más de una ocasión forrándose en la cocina—, aguardaba una explicación de los hombres que, a semejante hora y con tan bruscos modos, irrumpían en nuestra casa.

Uno de ellos llevaba un abrigo largo y oscuro, remotamente militar: era un sereno, uno de los custodios de la seguridad nocturna —serenos y vigilantes se distribuían la tarea de velar por la paz nocturna de las calles, aunque nunca supe distinguir quién era quién y qué atribuciones tenía cada uno—, y parecía muy concentrado en palmear el hombro del otro, un joven que sollozaba sin lágrimas, con muecas que no eran ni de risa ni de pena, sino la expresión de un sentimiento que no sabía cómo compartir.

—Éste es el tonto que va a casarse con Paquita.

Amelia hizo las presentaciones con su delicadeza acostumbrada.

—Por Dios, señora —intervino el sereno—, no es momento de burlarse de sus planes de matrimonio. ¿No ve que está deshecho?

No pude contenerme:

—Es retrasado de verdad, no porque vaya a casarse con la prima— dije, señalándome la sien, y mi madre, que aun medio dormida tenía conectado el aparato represivo, me lanzó un revés, sin mirarme, que me despejó sin más trámite.

—Hostia puta de Deu me cago en cony —resumió Ismael su estado de ánimo.

—Perdone que no hayamos telefoneado, pero éste no sabe su número de usted —se excusó el sereno—. Además, no hay nada que asuste tanto como una llamada a estas horas.

En aquel tiempo, el teléfono era un trasto negro clavado en la pared que sólo utilizaba el tío para su trabajo, y, a veces, la tía, para hablar con un pariente, a gritos y sin entenderse. El tonto, que se llamaba Ramiro, contó como pudo, con la colaboración del sereno en funciones de traductor, la singular aventura de Paquita, voluntariosa pero frustrada suicida que, gracias al anís, había descubierto que quería seguir viviendo, y posiblemente, bebiendo, según deduje de la información ulterior:

—¿No se dio cuenta de que era anís? —se escandalizó la tía.

Y el sereno:

—Claro que lo notó, señora. Lo notó y le cogió el gusto, y ahora mismo está recorriendo la calle de rodillas, como si fuera el calvario, pidiendo a gritos que le den cazalla con pasas, ya sabe, de la que sirven en el bar de la esquina de Arco del Teatro con la Rambla. Aunque no se preocupe, que un compañero la vigila hasta que volvamos con usted.

Ramiro, que había clavado la vista en mi madre como si los otros nos hubiéramos desvanecido, lanzó una serie de salivazos mezclados con palabras indescifrables.

—Dice que no sabe a quién acudir y que, además, ella sólo pide por su tía Amelia —tradujo el sereno.

Ismael, apoyado en la pared, liaba con parsimonia un cigarrillo de picadura.

—¿Cómo puede entenderle tan bien? —preguntó.

—Uf, no sabe lo que se aprende en la calle, hoy en día. No hay noche que no me toque acompañar a su casa a media docena de borrachos todavía más sonados que este pobre chico. Y casi todos me ruegan que dé explicaciones a su parienta.

Entre tanto, Amelia luchaba por librarse del sueño y recobrar la energía que necesitaba para ponerse a la altura de las circunstancias. Ramiro escupió unas cuantas palabras más —cada vez más absorto en Mercedes—, y el sereno precisó:

—Dice que tiene miedo a que le pase algo al hijo que está esperando.

—¿Quién? ¿Paquita? —pregunté, osada, considerando que mi madre me agarró del pelo en cuanto vio que insistía en meter baza.

—No, él. Parece muy ilusionado con ser padre, es natural —prosiguió el sereno—. Yo tengo seis hijos, y disgustos me dan, pero cuando se juntan para comer se me pasan los males. Aparte de que cobro los puntos.

—Pues es una pena que trabaje de noche, porque si llega a tener más le iba a dar Franco el premio a la familia numerosa —comentó Mercedes, que o yo no la conocía, o empezaba a fantasear con la idea de sumergir a la prole del sereno en un barreño.

Justo entonces, el tonto se lanzó sobre ella, profiriendo su única expresión inteligible de la noche:

—¡Guaaaapa! —e intentó pegársele tipo ventosa. Mercedes se lo sacudió a manotazos.

Animada por el incidente, Amelia acabó por tomar las riendas. Después de mascullar que a todos los tontos les da por lo mismo, efectuó un vistoso cambio de registro y lanzó un quejido lastimero, una especie de canto tribal enriquecido por la monótona y calculada inserción de varios «qué desgracia tan grande», que tuvo la virtud de arrancarnos del sopor. Pronto lo mejoró:

—¡Quiero ver a mi sobrina! ¡Que a nadie se le ocurra no dejarme ver a mi sobrina! —era típico de ella adelantarse a los impedimentos—. ¡Llevadme con mi sobrina!

La ambigüedad de esta última petición me hizo temer que considerara oportuno sufrir lo que llamaba «el vahído» —desmayo con el que adornaba algunas de sus actuaciones—, para redondear el episodio haciendo que la condujéramos en volandas. Por fortuna, se trataba de una figura retórica.

—Vámonos —ordenó—. Que no le faltemos. Paquita es sangre de nuestra sangre, nos necesita.

—Conmigo no contéis —saltó el tío—. Ya te dije que lo mejor era que se tirara por un barranco.

—¿Puedo ir también? —me arriesgué, aunque no albergaba la menor esperanza.

Para mi sorpresa, Amelia me estrechó contra su barriga, con exagerada emoción, y accedió:

—Sí, hija, sí. Seremos como una piña, todas juntas en esta desgracia.

Me vestí, y cuando estuve lista vi que Ismael se había sentado cerca de la radio, y que seguía fumando. Me pareció que saboreaba de antemano el placer de quedarse a solas.

—Si os entrompáis, que no sea de anís —recomendó, risueño—, que tiene muy mala borrachera.

Así fue como conseguí mi primer trasnoche. En la calle, sentí liviano el aire. Por encima del olor característico del Barrio, a alcantarillas,

descomposición y humedad, y de los rancios eflu-
vios que emanaban las piedras en reposo —entre
las grietas del adoquinado fermentaban restos de
bosta de caballos: los carros de la basura aún eran
de tracción animal—, mayo tendía su manto inconfundible. Era el mensaje salobre del puerto,
que ascendía por la Rambla, recién bañada por
las mangueras de los empleados de la limpieza, y
se infiltraba en nuestra calle. Era la certeza de que,
en los quioscos cercanos a la iglesia de Belén,
encerradas y a oscuras, dormitaban centenares de
flores blancas —calas, lirios, azucenas, gladio-
los—, destinadas a ornamentar las ceremonias
de bodas y primeras comuniones de los días inmi-
nentes. Era la renovada promesa que el aire pri-
maveral traía hasta nuestro agujero, y que me
preparaba para una temporada de relativas segu-
ridades, el verano y sus tiempos contiguos, en que
me sucederían cosas a las que no podía temer porque habían ocurrido anteriormente, y cuya reite-
ración confiaba para resistir a la precariedad y al
temor. Mayo anticipaba lo que vendría después:
la procesión del Corpus, la verbena de San Juan,
con sus fogatas callejeras y sus celebraciones en
terrados de la vecindad; las fiestas mayores de
Gràcia y de la Barceloneta, a las que el tío me llevaba para comprarme un caramelo muy grande,
que tenía una manzana dentro, y montarnos en
los autos de choque; el cine al aire libre de la cer-
vecería Damm, en el Paralelo —que siempre proyectaba películas musicales en color—, las excur-

siones, contadas y por ello preciosas, al campo y a la playa; y los actos del día de la Merced, protectora de cautivos y patrona de la ciudad, que era también el día del santo de mi madre.

—¿Por dónde vamos? —preguntó Amelia.

—Da igual —el sereno se encogió de hombros—. Como todavía siga gateando, cualquiera sabe a qué altura de calle la encontraremos.

Amelia decidió ir por Marqués de Barberá, para acortar. Al llegar a San Ramón, doblamos a la izquierda, y el otro rostro del Barrio, el que mi familia trataba de escamotearme, se reveló inesperadamente ante mis ojos. Era muy distinto de nuestro territorio, en donde, a pesar de las putas, el Orgía y la casa de «Habitaciones», la gente se retiraba pronto porque madrugaba para ir a trabajar, y la mala vida, casi exclusivamente diurna —sólo cuando llegaba la VI Flota entraba mi calle en una relativa agitación nocturna—, apenas disturbaba el trajín del pequeño comercio.

—No teníamos que haber traído a la nena —protestó Mercedes, malhumorada—. Yo nunca la dejo venir por aquí, no vaya usted a creer. Ni por aquí, ni por Robadors, y no le digo ya por la calle de las Tapias.

Preocupada porque el sereno —que se había erigido en guardián de su virtud, interponiéndose entre ella y Ramiro— podía pensar que no era una buena madre, tiraba de mí y trataba de caminar deprisa, pero a cada instante chocábamos con gente sin rumbo, que olía a colonia a granel y a brillantina, a fritos y vomitonas, y obstaculizaba nuestro paso. Había dos o tres casas de «Habitaciones» parecidas a la de mi calle, y muchos bares, casi uno al lado del otro, todos abiertos y rebosantes de clientela. Algunos ofrecían un surtido de bocadillos bastante tiesos, otros tenían las puertas de cristal decoradas con motivos gastronómicos: una sonriente gamba con chaquetilla de camarero, que señalaba al interior con el pulgar, o un pulpo horrorizado que se esforzaba por huir de la cazuela. Una tercera alternativa, la más abundante, la ofrecían locales en donde no se bebía a plena luz, ni se comía, y que tenían una iluminación muy tenue, rojiza o verdosa. De dentro salían ráfagas de música que se deshilachaban en la calle, mezcladas con los otros sonidos de la noche.

Hombres y mujeres, y también niños —varias gitanas loteras con sus churumbeles en brazos, el niño de una puta berreando aferrado a la falda de su madre—, componían un excitante cuadro que grabé sin dificultad en mi memoria, porque había practicado durante muchas horas el arte de mirar. También tomé nota de que la tiendecita misteriosamente llamada de Gomas y Lavajes, que estaba al lado del negocio de petardos y cohetes al que mi madre sólo me dejaba ir a comprar una vez al año, antes de las verbenas y acompañada por, al menos, un adulto, permanecía abierta. Dentro, un hombre con bata blanca hablaba con otro mientras se calzaba unos guantes como los que se puso el doctor Morales para curarle el sabañón a Amelia. Cruza

mos Conde del Asalto, igualmente concurrida
—con sus escaparates llenos de sostenes y bragas
de lentejuelas y pedrería en colores chillones, ante
los que no me dejaron detenerme, aunque sabía que
eran para las artistas del Barcelona de Noche, del
Molino, del Apolo—, y nos metimos por Guardia,
en donde la jarana disminuía notablemente.

De esta calle, o quizá de la paralela, Lan-
caster, conservaba yo imágenes confusas de una
primera visita a los parientes, realizada varios años
atrás de la mano de Amelia, cuando mi madre y
yo acabábamos de instalarnos en su piso. Aquella
vez llovía, el agua sucia se escurría hacia las cloa-
cas, y había mujeres vendiendo cigarrillos, chus-
cos de pan y otras mercancías que escondían en el
delantal, hecho un rebujo. De pronto, alguien
chilló: «¡Los guardias, que vienen los guardias!»,
y las estraperlistas echaron a correr. A una de ellas
se le cayó un paquete de arroz, que reventó al dar
contra la acera, y los granos se apelmazaron en el
agua infecta y naufragaron, hechos grumos, hacia
la alcantarilla, medio obstruida por remolinos de
papeles sucios y mondas de naranja.

En aquella ocasión entré con Amelia en un
zaguán oscuro que daba a un corral de vecinos, y
allí, en el patio, vi numerosos catres arrimados a las
paredes, apenas protegidos de la lluvia bajo los
voladizos, todos cubiertos por mantas iguales, ás-
peras, de un color marrón muy triste. Muchos ca-
mastros estaban ocupados, aunque no era de noche, por gente que tosía, y en otros había grupos

sentados, hablando. Varias crías saltaban a la cuerda bajo la lluvia y cantaban: «Al pasar la barca me dijo el barquero las niñas bonitas no pagan dinero».

La persona a la que fuimos a visitar —no recuerdo quién era, si hombre o mujer, nada— tenía calentura, y Amelia le llevaba un caldo en un bote de cristal. «No beses ni te dejes besar, y procura que no te toquen, ni toques nada. Esa parte está plagada de tísicos», me había advertido mi madre, y yo me mantuve rígida, en pie, durante la interminable visita, haciéndome dos preguntas: si las formas que se movían debajo de algunas piltras eran ratas, y por qué todas las mantas eran iguales.

Amelia, de regreso, respondió afirmativamente a la primera cuestión —«Pero no te preocupes, que no muerden, porque no tienen hambre. Están mejor alimentadas que las personas»—, y me contó que las mantas procedían del ejército y las regalaban las señoritas del Auxilio Social, porque aquellas personas habían perdido sus viviendas cuando la guerra y todavía no tenían adónde ir.

De modo que añadí las mantas militares a las otras piezas que contribuyeron desordenadamente a mi comprensión de lo que había sido la guerra en el Barrio: la leyenda del rincón de la máquina de coser que salvaba de los bombardeos, una desoladora y persistente visión de la iglesia de San Agustín medio en ruinas, y —en el descampado de San Pablo con Robadors— los restos todavía elocuentes de una casa que las bombas habían arrasado dejando, en el costado del edificio anexo, retazos de baldosas y zócalos, el rastro de una cocina y la huella del cuadro que alguna vez colgó de la pared.

En todas estas cosas pensé mientras las mujeres se encargaban de Paquita —la encontramos a media calle, rodeada por un grupo de curiosos que llevaban sus borracheras mejor que ella, y protegida por el colega del sereno—, que no paraba de llorar y de decir que a ella ningún hombre la iba a joder, y la hacían vomitar en la acera.

Pensé que, dentro del Barrio, como de las personas, había otros muchos barrios, pero que en este caso sólo necesitaba entrar en una calle, doblar una esquina o cambiar de acera, para conocerlos como quien avanza, página a página, en la lectura de los libros gordos que el tío empezó a regalarme a partir de *Oliver Twist*.

Y entonces ocurrió algo sorprendente. Irene se vino a vivir al Barrio.

—Los Nacionales necesitan una criada —anunció la tía una mañana, de vuelta del vivero de información que para ella constituía la compra diaria—. La gallega los ha dejado plantados, ya os dije que no duraría, era muy remilgada. Le he mandado recado a Palmira. A las dos les vendría bien que Irene se metiera en la casa.

Ismael, con un cigarrillo apagado colgando del labio inferior, siguió cortando una pieza de tela que previamente había marcado con tiza. Se limitó a preguntar, sin levantar la vista:

—¿Crees que Irene quiere ponerse a servir?

—No seas bobo. Buena comida, una habitación para ella sola y, además, nos tendría cerca a nosotras.

—A lo mejor no querrá dejar a Tomeu solo con su abuela —intervino mi madre.

—Eso sí que es una tontería. Lo podríamos traer a casa para enseñárselo desde el balcón —la tía se rió de medio lado—. No seáis tan escrupulosos, a Irene le conviene, no se va a pasar la vida escribiendo sobres por una miseria. Si Manuela tuviera tres o cuatro años más, podría meterse ella.

Miré a mi madre, esperando que dijera algo, pero fue Ismael quien habló, tajante:

—La nena, de minyona, no. Te lo tengo advertido.

—Pues como tardes mucho en hacerla estudiar, no vas a poder colocarla ni de oficinista. Yo creo que la tos le viene porque está demasiado consentida, un colegio de monjas es lo que le hace falta, las señoritas se lo podrían arreglar.

—Ni hablar del peluquín —zanjó el tío—. Ni monjas ni curas. Lo que necesita es un buen médico.

Porque los ataques de tos habían vuelto, tras la corta tregua, y con especial virulencia. El jarabe del Dr. Andreu sólo me aliviaba momentáneamente. Dormía poco e incorporada, acompañada por el ronquido de locomotora que trepaba por el centro de mi pecho y se detenía en mi garganta, para retroceder con un silbido largo y reanudar de nuevo, entre estertores, su ascensión ciega. Algunas noches advertía la silueta de mi tío en el vano de la puerta, contra el débil resplandor lunar que llegaba al pasillo por el ventanuco de la cocina. Sé que mi madre pasaba muchas horas junto a mí, en vela; a ella no la recuerdo. El alba llegaba como una liberación, que me permitía entregarme, con el corazón acelerado, a las alteraciones que alborotaron la casa ante la inminente integración de la prima al Barrio.

Los días previos a la entrada de Irene como sirvienta de los Nacionales habían sido de éxtasis para mi tía, porque doña Asun, aparentemente, no podía vivir sin su consejo. Apostada detrás de la persiana desde la primera hora, atisbando por las ranuras, Amelia esperaba el momento glorioso en que la gorda, después de abrir los postigos de su balcón con el gesto de quien da por inaugurada la calle, se acodaba en la barandilla —la abundante delantera dispersa sobre sus enjoyados antebrazos— y se quedaba inmóvil, con un gesto de esfinge, o de ídolo que reclama adoración. Cumplido el fenómeno de la aparición de doña Asun, la tía desplazaba con prudencia su cuerpo aparentemente menudo —porque el tronco irrelevante se resolvía en unas caderas macizas, en unas piernas rocosas—, hasta sacarlo a plena luz, como una respuesta física al prodigio que se había manifestado en la fachada de enfrente. Un ademán de la esfinge —un desplazamiento de su cabeza, un movimiento de sus manos—, y mi tía volaba hacia la puerta con las llaves tintineando en el bolsillo de su delantal, y yo detrás, sintiéndome culpable por abandonar a Ismael, que trecheaba sus enseres de sastre y los disponía sobre la amplia mesa de trabajo, pero muerta de curiosidad.

Me encantaba asistir a los interrogatorios —Amelia lo llamaba pedir referencias— de doña Asun, que tenían lugar en torno a la mesa camilla en donde yo solía leerle el ¡Hola! y versaban invariablemente sobre las cualidades de Irene, expuestas con brillantez por mi tía: su capacidad de sacrificio, su pulcritud —limpia como los chorros del oro—, su decencia —su marido la había plantado pero ella seguía manteniendo una conducta ejemplar—, su acendrado catolicismo —mentira: Irene compartía con Ismael el desprecio por los curas y su escepticismo hacia la religión— y su estado de necesidad, mérito decisivo porque implicaba, como Amelia insinuaba con astucia, que doña Asun daría pruebas de la bondad de su enorme corazón al ayudar a una madre indefensa.

Yo asentía rastreramente, respondiendo a las miradas que la mujer me dirigía buscando la aprobación de su pequeña lectora. Puse idéntico empeño en convencer a la prima para que aceptara el trabajo, cuando Amelia y Mercedes realizaron la acostumbrada visita a su casa de Horta, ahora para cantar las excelencias del empleo.

—¿Son buena gente? —me preguntó Irene, poco antes de darme el pan con chocolate para que saliera al huerto con Tomeu.

«No se te vaya a ocurrir comentar que don Fernando persigue a las criadas», me había advertido mi madre, al salir de casa. «Tú, chitón, o te ahogo con una almohada». Le dije que sí —en realidad lo creía, que eran buena gente, aunque raros, tan diferentes de nosotros— e Irene, pensativa, me dio un beso, y comentó:

—Tendré que devolver la máquina de escribir.

La prima impresionó favorablemente a los Nacionales. Con todo, doña Asun, mirando de soslayo a su marido, recalcó que le parecía demasiado fina. Amelia, que actuaba como introductora, replicó con rapidez:

—Más que fina, prudente. Y muy buena y muy dispuesta.

La prima reprimió una mueca.

—Te voy a comprar un uniforme de categoría— anunció doña Asun—. Es algo que no he hecho con ninguna. ¿No es verdad, filibustero?

A don Fernando le entró una enorme prisa y dijo que tenía que irse a atender su negocio.

—A ver, las manos —exigió la mujer—. Vaya, en esta familia todas tenéis manos de pianista. En dos días no las vas a conocer, de tanto darle al estropajo. Porque conmigo hay que ser limpia por fuera, y por dentro.

Irene entró a servir la semana anterior al Corpus, y ese día se vistió en casa —fue idea de tía Amelia—, para que las mujeres la ayudaran a ponerse impecable. Efectivamente, doña Asun le había comprado un uniforme digno de un barrio alto: gris oscuro, con cofia y delantal blancos, y unos guantes «para cuando haya ocasión de recibir a gente distinguida», según dijo, aunque semejante eventualidad parecía más que improbable, salvo que se refiriera a los prestamistas, revendedores, intermediarios de diversa calaña y otros merodeadores de El Gran Damasco que eran, según Ismael, la única sociedad que les frecuentaba.

La prima llegó a casa temprano, acompañada por su hijo y por Palmira, que rompió a lloriquear en cuanto la vio vestida, como si, en lugar de mandarla a trabajar, la hubieran preparado para una boda. Aunque fue el tío, a quien se le dejó entrar en la habitación cuando ya estuvo lista, el que mejor definió la situación:

—El torero y su cuadrilla. Hala, a la plaza, que el mihura es de alivio.

El tiempo empezó a transcurrir muy deprisa porque, a la innovación que suponía la proximidad de Irene —mi habitual puesto de observación en el balcón se enriqueció con el recuento de sus idas y venidas, cuando salía a comprar o a hacer recados—, se añadían los preparativos para la celebración del Corpus. Mi madre daba las últimas puntadas al vestido que ese día estrenaría, si la memoria no me falla una bata recta, de tejido blanco a rayas verdes, con anchos tirantes, que, si hacía frío, llevaría con camiseta debajo. Por otra parte, me sentía inusualmente rica: las mujeres me dieron unas monedas cuando volvieron del Monte de empeñar las mantas, como cada año, y el tío, a escondidas, me obsequió con un montón de rubias.

Con aquel capital llevé a Tomeu, que ahora pasaba muchos ratos en casa, a las tiendas de confetis de Marqués de Barberá —desde el balcón del doctor Morales, Perla Antillana, vestida de señora Anita, nos saludó alegremente—, y compramos rollos de serpentinas y bolas repletas de papelillos de colores. Audaz, y con el orgullo de mostrarle al niño algo más del Barrio, me aventuré hacia la calle de San Ramón, más prohibida que nunca después de la expedición nocturna. El negocio de pirotecnia era poco más que un orificio oscuro en el que apenas cabía media docena de clientes, pero contenía maravillas: petardos, cohetes de todo tipo, bengalas de colores, buscapiés, mistus garibaldi. No sólo las mujeres me impedían ir allí; también Ismael se oponía. «Es un polvorín», decía, «un día fotará un pedo y habrá que juntar los trozos de los muertos con cuchara».

Compramos un montoncillo de bombetas, pequeños explosivos envueltos en papel blanco que hicimos estallar a los pies de los transeúntes, de regreso a casa. Tomeu me había prometido no irse de la lengua —de lo contrario, yo no le pediría a Lorenzo, el del almacén, que le prestara *El guerrero del antifaz*—, pero no tuve necesidad de mentir, porque mi madre, para mi sorpresa, no me sometió a su acostumbrado examen. Arrastrándome hacia el interior del piso, anunció, con el rostro descompuesto:

—Han visto al Paisano haciendo el vermú en la bodega. Así que te sientas ahí —señaló la sala presidida por la mesa de trabajo de Ismael—, y ni hablar de salir al balcón ni a la calle. Cuando venga tu tío veremos qué se hace.

Cuando Ismael regresó de una de sus ausencias no explicadas —aunque no podía haber

estado con Irene, porque aquella mañana le tocaba limpiar la recargada lámpara de doña Asun:
desde casa la había visto subirse a una escalera de
mano—, los adultos hicieron un aparte y, poco
después, me comunicaron que, por el momento,
saldría de casa lo imprescindible, y en compañía
de adultos.

—Me la quiere quitar —repetía mi madre—. No tiene bastante con lo que me ha hecho, me la quiere quitar.

Más tarde, por la noche, cuchichearon, creyendo que, desde mi habitación, no les oía:

—Lo mires como lo mires, Mercedes —dijo
Ismael—, lo mejor para ti y para tu hija es que pi-
das la separación legal, aunque sólo sea para co-
brar la viudedad, el día de mañana. Todos saben
que es un borracho y que te pegaba.

—¿Y qué? Es capaz de conseguir testigos
falsos para que declaren que le ponía cuernos, o
cualquier calumnia que se le ocurra.

—Además, aunque te dieran la custodia
de la nena —intervino Amelia—, tendría derecho
a verla, a llevársela unos días, y vete a saber lo que
podría hacerle.

—Eso no, antes muerta.

—Pero a ella nunca le puso la mano encima, ¿no?

—Te digo que me da igual, Ismael. A Manuela no la va a tener en su vida. ¿No la quiere tanto? Pues que se joda. Que pague por todo lo que me
hizo.

—Creo que sólo pretende acollonarte —concluyó el tío—. Como se atreva a tocaros un pelo, le parto la cara.

Mi padre se atrevió al final del Corpus, cuando la fiesta volvía a ser un recuerdo y la calle, sumergida en un mar de serpentinas sucias y confetis pisoteados, luchaba por conservar los ecos del jolgorio. Consumada su fugaz existencia anual, de nuevo el Corpus podía ser evocado con tanto esplendor como la imaginación permitiera, y eso era, junto con la otra evocación, la del deseo, que me dominaba durante los preparativos, lo mejor de una jornada que transcurría demasiado deprisa y que me daba menos de lo que esperaba.

Se acababa de desvanecer la procesión, perdiéndose en la Rambla los dos gigantes que la abrían con majestuosa rigidez, los bondadosos rey y reina de túnica de terciopelo y sonrisa de cartón, con su corte de enanos cabezudos. Apenas se distinguía, a lo lejos, la mancha blanca y azul marino del ejército de niñas y niños de primera comunión, que simulaban solemnidad y madurez para disimular el dolor de pies que les causaban los zapatos nuevos. Empezaban a dispersarse, y a meterse en las tabernas, los piadosos adultos que poco antes cerraron filas detrás del plato fuerte —la custodia dorada bajo palio, sostenida con gesto de mago por el cura: nada por aquí, nada por allá, y Dios en todas partes—, y apenas quebraban el aire algunos petardos tardíos, aunque el delicioso aroma de la pólvora todavía salpimentaba mi olfato. Anochecía, cuando reapareció mi padre.

Y, sin embargo, el día no pudo tener un arranque mejor. Irene vino a buscarme muy temprano para que la acompañara a comprar los croissants del desayuno que los Nacionales, en domingos y fechas señaladas como ésta, se hacían traer de una confitería de la calle Petritxol. Le di la mano y partí a su lado, asimilando la emoción inédita de tener cerca a la prima recién levantada. Tomeu había dormido en casa, y se iba a quedar para ver la procesión desde nuestro balcón. A mí, por expreso deseo de doña Asun, me tocaba el honor de pasar el día en su piso, como ayudante de Irene.

—Doña Asun dice que esta tarde va a abrir los salones.

—¿Y eso qué es? —pregunté.

—Pues que tendré que quitar las fundas del único salón que tiene, porque va a venir gente y dejarán el piso hecho una guarrada. Han encargado una caja de Codorniu y seis bandejas de pasteles a Can Massana.

—Me quedaré a limpiar contigo hasta que acabemos, aunque sea de noche.

Me atrajo hacia ella, y uno de los picos de encaje del delantal blanco, que llevaba sobre una bata de rayadillo —el uniforme de gala no se lo pondría hasta la tarde—, me rozó la oreja izquierda.

—Eres una niña muy buena.

Cruzamos al andén de la Rambla, y pensé con nostalgia en nuestras citas en el puerto, que ahora no podrían repetirse, estando ella tan ocupada. Pero la novedad de disfrutar de Irene me quemaba gozosamente por dentro, mientras trataba de adecuar mis pasos a los suyos, tan distintos a los del tío, tan cómplices del aire impecable de la mañana, pienso hoy. Había a esa hora en el Barrio un silencio sorprendente, que tenía más que ver con el inminente festejo que con el letargo del descanso, como si el vecindario contuviera el aliento antes de entregarse a la diversión. Envueltas en el silencio, descendimos por Cardenal Casañas en dirección a la plaza del Pino, y allí, dando la espalda a las madrugadoras beatas que salían de misa, embocamos por Petritxol.

Petritxol, adonde el tío también solía llevarme a pasear, me parecía entonces, con sus balconcillos cuajados de macetas y sus ordenados comercios, uno de esos senderos de los cuentos que conducen a una casita de guirlache y turrón. Me quedaba embobada delante del escaparate de la tienda de pasamanería, que exhibía género muy distinto del que mi madre compraba en la mercería del Barrio: un impresionante surtido de galones y trencillas de tafetán con hilos de oro, borlas y flocaduras de hilos de seda, tapapuntas de damasquillo y de terciopelo que yo sabía distinguir porque, a menudo, acompañaba al tío en sus paseos de mirón. Ismael podía permanecer horas

examinando el escaparate, con una especie de desamparo que era, imagino, pura desnutrición profesional, y luego reemprendía la marcha hacia la
Rambla. Casi siempre, después de aquellas sesiones de frustrante contemplación, entrábamos
en el Jai-Alai, en donde el tío, ensimismado, observaba jugar a los pelotaris y sacaba dinero del
bolsillo para juntarlo con el de sus amigos y per-
derlo, lo que aún le ponía más meditabundo.

Asomándome a las sosegadas vitrinas de
Petritxol, en las que se mostraban productos re-
lacionados con la comodidad e incluso el lujo
—antigüedades, materiales para pintar cuadros,
estuches de afeitar para caballero con maquini-
llas de plata y pequeñas brochas de delicada pe-
lambrera—, yo acechaba el espíritu de una Barcelona resguardada y metódica que no me tenía en
cuenta, y que asociaba con el territorio desconocido y prometedor que intuía al otro lado del mar,
de tal manera que, al final del trayecto en que, en
mis fantasías, me embarcaba con Irene y el tío, de
camino hacia el sol, a bordo de un barco italiano,
el puerto de acogida no era otro que aquella parte
de mi ciudad a la que ninguno de nosotros podía
pertenecer.

Separada del agobio nocturno por un muro de afecto que se erguía por obra y gracia de la
presencia de Irene, me sentía tan aseada como ella,
digna compañera suya. La tarde precedente, mi
madre me había llevado al establecimiento de
baños públicos de la calle Santa Margarita, y du-

rante una hora nos estuvimos restregando con estropajo y jabón de olor, compartiendo el agua de una sola bañera: derroche excepcional que nos permitíamos en ocasiones señaladas. Aquellas incursiones en un recinto de altos zócalos alicatados de blanco, muebles como de hospital y mujeres silenciosas que ejercían de guardianas de las toallas y controlaban los minutos que pasábamos dentro, me regalaron un rastro de felicidad que recobro cuando me encuentro en una habitación de hotel y me encierro en el baño, y el espejo se entela mientras corre el agua caliente y mi cuerpo desnudo me recuerda el de mi madre, sus pechos flotando sobre la línea del agua jabonosa, las callosidades de sus pies que rozaban mis flancos mientras el vapor se elevaba sobre nuestras cabezas y desaparecía por el respiradero situado encima de la puerta. Aquellas contadas sesiones de higiene de película, a las que nos sometíamos con pudoroso placer, poseían una cálida promiscuidad de la que carecía nuestra vida cotidiana, acotada por los severos vestidos de mi madre, que parecían determinar la rigidez con que me hurtaba sus efusiones. Era, pienso ahora, cuando ya es tan tarde, como si sólo lejos del piso de los tíos, y desnuda, fuera capaz Mercedes de recuperar algo de su profunda indefensión para ofrecérmelo como un amago de ternura, como una forma física de acercarme al esquivo misterio de su amor por mí.

Esa mañana, las tiendas de la calle Petritxol estaban selladas por puertas metálicas, pero su

encanto perduraba, más intenso cuanto más secreto. Irene me llevaba de la mano, y del interior
de la confitería adonde me condujo brotó la tibia
y perfumada salutación del chocolate caliente y la
crema quemada con vainilla.

—Ande, póngale un suizo a la niña —pi-
dió Irene al dueño, después de encargarle los croissants.

La miré con sobresalto. El suizo —un tazón de chocolate humeante coronado por un bu-
cle de nata azucarada— no era una golosina habitual en mi dieta.

—No te preocupes, tengo permiso de doña Asun. Hoy te lo vas a ganar de sobra.

Nos sentamos a una mesa. El dueño trajo
un café para ella, y una ristra de bizcochos pegados a un papel, como los mistus garibaldi, pero en
grande, y me enseñó cómo mojarlos en el suizo
para mezclar bien la nata con el chocolate caliente
que había debajo.

—Estás muy delgada —dijo Irene—. ¿Sigues tomando la Emulsión Scott?

—Me da mucho asco, pero sí, me la tomo.

—Peor era el aceite de hígado de bacalao
que me daban a mí, sin refinar. Aquello sí que era
repugnante. Pero ya ves cómo he crecido. Y la tos,
¿cómo va?

—Mejor —mentí, sabiendo que daba lo
mismo, porque Irene conocía mi verdadero estado a través de las mujeres de la casa. Además, pre-

sentía que aquel diálogo era sólo una excusa para hablar de lo que verdaderamente deseaba.

Irene hizo una pausa, durante la cual me examinó con sus ojos castaños sin pintar, engrandecidos por las frondosas pestañas y las cejas compactas. Tenía la nariz fina y algo larga, los pómulos altos y una boca grande en la que el labio superior se desbordaba por las comisuras, como si siempre estuviera a punto de decir algo. Llevaba su habitual trenzado en lo alto de la cabeza, como una corona, y dos diminutas bolas de coral en las orejas.

—Tú sabes que yo a nuestro tío lo quiero mucho, ¿verdad?

Asentí, sorprendida, porque hasta que ella lo dijo no había caído en que Ismael era mucho más tío suyo que mío.

—A veces pienso que te tratamos como si fueras más mayor de lo que eres, aunque por lo delgada que estás pareces más pequeña. ¿Qué años tienes ahora, once?

—El 1 de septiembre cumplo los doce.

—Le tengo dicho a tu madre que te permita jugar en la calle, que has de hacer amistades con otros niños. Pero le falta confianza. Tu madre puede ser muy burra, y es por eso, por falta de confianza. Nunca ha sabido valerse por sí misma, depende mucho de la bruja, perdona, de tu tía Amelia.

—No, no —exclamé, entusiasmada. Eran las primeras confidencias de Irene, se explayaba conmigo y no quería cortarla—. Yo también lo pienso, que es una bruja. Si vieras las cosas que hace, y cómo se porta con las otras vecinas. A la Alemana le echa sal delante de la puerta, dice que así tendrá mala suerte.

—Será estúpida. El tío Ismael no se merece una mujer así. Pero tu madre no es mala, es la otra, que le llena la cabeza de tonterías.

Pensé que, para complacerla y que me tuviera en mayor estima —bastante tenía con llevar la misma sangre que mi padre—, podía contarle lo distinta que era Mercedes cuando íbamos a los baños públicos, pero intuí que Irene ya debía de saberlo. Apuró su café.

—Anda, date prisa o doña Asun creerá que nos hemos fugado juntas.

De regreso, me dejó llevar el crujiente envoltorio con los croissants, y creí que, contra lo que había imaginado, no quería hacerme ninguna confidencia, y que el gesto de entregarme el paquete era una de esas concesiones mínimas que los adultos hacen para poner en su sitio a los niños. Por fin, antes de entrar en nuestra calle, dijo:

—Por mucho que yo quiera a nuestro tío, nada va a cambiar, no te preocupes. Mira, mira qué bonito está todo, con tantos colores.

El mensaje era perturbador, porque yo deseaba que algo sucediera, algo relacionado con el barco italiano, con ellos dos, conmigo.

En Unión, la densa urdimbre de cenefas formaba un techo que se mecía alegremente sobre nuestras cabezas, nuestro secreto. Recién regada, mi calle parecía otra. Recuerdo que miré a Irene —la bóveda de papelillos multicolores enmarcando su pelo, su sonrisa, entre los balcones revestidos con colchas y banderas españolas— y me di cuenta de que, por encima de mi sueño de huida, prevalecía, en aquel momento, la intensa necesidad de que ella tuviera razón, de que todo siguiera como en aquel instante: el silencio, su presencia, yo misma y el alegre disfraz de mi calle.

Esta ilusión se prolongó a lo largo del día, y alcanzó uno de sus mejores momentos cuando fui autorizada para admirar la procesión desde el balcón de los Nacionales —engalanado con la bandera española más nueva y tiesa del Barrio: el aguilucho franquista refulgía como si estuviera bordado en azabache—, y, de paso, pude contemplar el balcón de mi casa desde el otro lado de la calle, que era, o al menos lo fue aquella tarde, lo más semejante al otro lado de la vida. Las mujeres habían desplegado sobre la barandilla un cubrecama granate y habían invitado a tantas parientas que el reducido espacio parecía una lata de sardinas. A unas las conocía —Paquita, Hortensia, Palmira— y a otras no, pero desde la casa de doña Asun podía creer que no tenía nada en común con aquel friso de mujeres vestidas de oscuro en cuyo centro Amelia, bien acodada, disfrutaba de su papel de ama. A su lado, mi madre volvía a ser la de siempre, ajena a la mujer con la que veinticuatro horas antes había compartido el agua de una bañera y algo parecido a la compli-

cidad. Apretadas y sufrientes, sin hombre cerca
—imaginé que Ismael se había largado, para variar—, feroces. La cabecita de nuevo rasurada del
pequeño Tomeu, encaramado sobre un taburete,
era el único referente amistoso, y me di cuenta, con
compasión y un fuerte sentimiento de descanso,
de que estaba ocupando mi lugar. Junto a mí, los
intermediarios, vendedores, prestamistas y demás
amigos de los Nacionales, con sus mujeres, cam-
biaban bromas procaces y reían bajo la euforia
del champán. Al tío no le gustaban y, en consecuencia, a mí tampoco, pero al menos eran alegres, no parecían llevar el peso del mundo sobre
sus espaldas, ni hacían que me sintiera culpable
por ser feliz.

Irene entraba y salía del salón con bandejas
y platos, negándose a aceptar mi colaboración. «Tú,
ahora, a divertirte», me había dicho. «Ya me has
ayudado bastante.» Era verdad que, desde la mañana, no habíamos parado de trabajar, y yo me había mostrado especialmente diligente, deseando
no defraudarla. Doña Asun, entusiasmada porque
«abría sus salones», derrochó un estupendo humor. Poco antes de que llegaran los invitados nos
hizo empotrarle en el cuero cabelludo una volu-
minosa peineta, a la que prendió una mantilla negra que llegaba casi al borde del vestido de brocado
verde en el que dificultosamente habíamos conseguido calzarla, después de contener en un corsé de
ballenas la masa blanda y violácea de su cuerpo.
«Parece el Pilar de Zaragoza», cuchicheó Irene, ca-

mino de la cocina, y yo pasé el resto de la tarde riéndome a escondidas.

Desaparecía la procesión hacia la Rambla cuando Irene me dio permiso para volver a casa y unos dulces sobrantes, para que los compartiera con Tomeu. Quise quedarme a fregar con ella, pero rehusó. «Es que prefiero estar aquí, contigo, no quiero volver al piso, a lo de siempre», pensé, pero no se lo dije, por miedo a que se enfadara. «Ve con Tomeu», insistió, y, como adivinándome, añadió: «El pobre lleva el día solo con esas mujeres, debe de estar aburrido como una ostra».

Bajé saltando los escalones de dos en dos —el ascensor únicamente funcionaba para subir— y en el portal me detuve, saboreando el adiós al Corpus, el principio de otro año de espera. Tomeu todavía estaba en el balcón, pero las mujeres habían desaparecido y supuse que se encontraban en la sala, cotilleando. La luz violácea del cielo desdibujaba los contornos. La gente que charlaba en corrillos o entraba en las tabernas, los niños que jugaban a perseguirse arrojándose los últimos confetis, las madres que les lanzaban risueñas advertencias, eran sólo manchurrones confusos.

Iba a cruzar, e instintivamente miré si venían coches, aunque ese día cortaban el tráfico. Miré como hacía siempre, porque había sido adiestrada en la prudencia, y eso me salvó. En aquel preciso instante se encendieron las farolas, y una de ellas iluminó, al otro lado de la calle, la figura de mi padre, tan nítida como el presagio de conflicto que solía acompañarle. Parecía un transeúnte más, alguien que después de la fiesta se ha detenido un momento a descansar, o a reflexionar sobre cuál será su siguiente paso. Yo sabía que no era así, que era un hombre aferrado a un solo propósito, asido a él como un niño a su globo de colores.

Calculé rápidamente que, si echaba a correr hacia casa, me alcanzaría antes de que llegara al portal. No, no pensaba huir. Tampoco iba a pretender que no me hallaba allí, que él no era mi padre y que aquello le estaba sucediendo a otra. Mercedes y Amelia me habían aleccionado bien y, por una vez, las iba a obedecer con ganas.

Durante todos estos años, para recordar a mi padre he echado mano de un estereotipo forjado por mi autocompasión y el recuerdo del temor que le tuve. Hoy no me desenvuelvo con comodidad en el papel de víctima y, si retrocedo hasta el portal de los Nacionales, al atardecer del último Corpus en mi Barrio, veo en mí a una criatura cruel —un reflejo subalterno del poderoso matriarcado que dominaba mi vida— que rompe a gritar y señala con el dedo al hombre que se acerca, hasta que la gente se agrupa a nuestro alrededor —él me mira con sorpresa y dolor— y las mujeres de la casa bajan a la calle. El clamor de insultos y amenazas aumenta, de algún lugar surgen dos guardias, y pronto estamos todos, mi madre, mi tía, las otras parientas, Tomeu —que no para de llorar—, mi padre y yo, en el cuartelillo de Doctor

Dou, en donde un comisario trata de descifrar el sentido del aluvión de informaciones impregnadas de censuras que cae sobre él. «Es un borracho, nos abandonó, y me la quiere quitar», solloza Mercedes. «Es un rojo, no tiene fe ni donde caerse muerto, se gastaba el sueldo en la taberna», argumenta mi tía. La insistente protesta del Paisano —«No me la dejan ver ni de lejos, es mi única hija», repite— naufraga sin remedio. El comisario me examina —las mujeres me tienen bien agarrada— y yo, tontamente, me acuerdo de la estampa del libro de las señoritas de Auxilio Social, que ilustra el juicio del rey Salomón. Cierro los ojos, temiendo escuchar la orden de que me partan en dos.

—Está bien, váyanse —dice el comisario—, y llévense a la criatura. De este sujeto me encargo yo, no le van a quedar ganas de seguir asustándolas.

Cuando salimos oigo al policía:

—A ver, tus papeles, he dicho que tus papeles.

Sé que se los pide a mi padre, pero no me vuelvo para mirarle, no le escucho cuando grita mi nombre. Las mujeres me empujan, me conducen casi en volandas, escaleras abajo, hacia la salida. Me estrujan, me felicitan por lo bien que lo he hecho, lo valiente que he sido.

No me volví, y nunca más supe de él.

Gracias a la escandalera con que, involuntariamente, contribuí a rematar la fiesta de los Nacionales en su mismo portal, doña Asun tomó cartas en el asunto y me regaló, sin saberlo, el mejor escenario para mis quimeras, lo más parecido a un planeta poblado por fantasmas de mi elección. Fue un período de felicidad, valioso y perfecto, que me dejó indefensa para lo que siguió.

De vuelta de la comisaría, los Nacionales hicieron acto de presencia en casa. Era la primera vez que nos visitaban, y lo hacían autorizados porque el reciente follón se había producido cerca de su territorio: se sentían en la obligación de intervenir en nuestras vidas, como un país poderoso que intenta enderezar los engorrosos asuntos de sus vecinos. Además, ahora que Irene formaba parte de sus pertenencias, doña Asun no estaba dispuesta a permitir que el desaliño de nuestra familia la rozara aunque fuera de rebote. Por otra parte, la ausencia de Ismael, que volvió tarde y sin rendir cuentas, ayudó a la gorda a hacerse con la situación.

Doña Asun entró en la sala con la majestuosidad de una de las golondrinas del puerto cuando las engalanan para el día del Carmen.

Detrás, como embarcaciones secundarias, iban don Fernando —algo receloso, vigilante: un guardacostas— y las dos mujeres, simples botes a remos, que les habían recibido en la puerta y por el pasillo contaron detalles de lo ocurrido. Doña Asun recaló delante de mí, y bufó. Todavía iba de peineta y mantilla, y mecía su masa inverosímil sobre las afiladas puntas de sus zapatos, forrados con el brocado verde del vestido.

—Este año no iremos a veranear a San Sebastián, porque mi marido no puede dejar el negocio— dijo la mujer, apoltronándose en nuestro único sillón, que mi tía tuvo el tino de cubrir con una manta, para ocultar sus desperfectos, un segundo antes de que nuestra vecina se dejara caer sobre sus muelles chirriantes.

—Y he pensado —siguió— que, en vez de quedarme a vigilar a este pirata —rápida ojeada a don Fernando, que permanecía a su lado, erguido, paciente y fuera de lugar—, nos vamos a ir las tres a la finca. Yo, Irene y tú. Quién sabe si allí encontraré a un guapo campesino que me cuide el jardín.

Hubo un momento de silencio estupefacto, que mi tía rompió con servil habilidad. Se había quitado el delantal a la llegada de doña Asun —como los hombres, en las películas, se quitaban el sombrero en presencia de una dama—, y lo sujetaba, hecho un rebujo, contra el costado.

—Dale las gracias a doña Asun —dijo, señalándome con la cabeza en un gesto que no admitía réplica.

Aquél fue el momento que Ismael eligió para volver. Sentí sus pasos y me supe a salvo: él sabría lo que había que hacer. Venía con el pelo alborotado y los ojos brillantes, y recuerdo que su apostura me emocionó. Su rostro inteligente borró la imagen tosca de mi padre, el vaho de su aliento, y hasta la memoria reciente de lo sucedido en comisaría.

—Las gracias, ¿por qué? —preguntó, metiéndose las llaves en el bolsillo del pantalón.

—Doña Asun va a llevarse a Manuela al campo —le informó su mujer.

Mientras le ponía al corriente, pensé que a Ismael le iba a entrar uno de aquellos cabreos monumentales e inútiles que le invadían cada vez que las mujeres se entrometían en sus planes, o tomaban determinaciones sin haberle consultado previamente. Sin embargo, el tío me miró, sacudió la cabeza al enterarse de lo de mi padre —«El intento de rapto», dijo mi tía. «Frustrado, gracias a la ejemplar actuación del comisario», intervino doña Asun, que sin haber presenciado los hechos hablaba del policía como si perteneciera a su árbol genealógico—, se me acercó y, poniéndose en cuclillas, me dijo:

—Ya ha pasado todo, estás mejor, ¿verdad?

Le abracé y me eché a llorar. Me levantó en vilo y me agitó en el aire, como si todavía fuera una criatura.

—Apa, tonta, que no ha sido nada.

Entonces mi tía cometió un error:

—Ya verás qué bien *nos* lo vamos a pasar con doña Asun —dijo.

—Huy, no, guapina —intervino la interesada, rápida—. He dicho bien claro que iremos nosotras tres —me observó mientras, con el pulgar, señalaba hacia su casa, a través del balcón, hacia el lugar en donde Irene seguramente todavía estaba limpiando—. Nosotras tres y —lánguida, dirigiéndose a su marido— este bribón, cuando se digne visitarnos. A la finca no pueden venir más que hombres, y los que yo diga.

Me pareció que su última frase encerraba una coqueta invitación destinada a mi tío, que todavía me tenía en sus brazos.

—Creo que es una buena idea. Tú quieres ir, ¿verdad? —dijo.

Me di cuenta de que él lo deseaba. Asentí, e Ismael hundió la cabeza en mi cuello, de modo que sólo yo comprendí que estaba riéndose.

Dos días después, el tío sacó un billete y lo colocó en el centro de la mesa de trabajo.

—La nena va a tener un veraneo como se merece.

—Estás loco —dijo Amelia—, es un dineral.

No pregunté dónde lo había obtenido, aunque imaginé que había sido en el frontón.

El jueves siguiente, Irene libró por la tarde, y salimos los tres de compras. Era desconcertante, porque, esta vez, no había secreto que guardar: siendo la prima quien cuidaría de mí en el

campo, resultaba conveniente que nos acompañara para decidir qué era lo que necesitaba llevar
conmigo para no quedar como una paria. Yo no
sabía cómo decirle a Irene que lo que más vergüenza me daba era mi recosida ropa interior, las
bragas de algodón que ya amarilleaban a fuerza de
lejía, y el hecho de que no tenía viso —así llamábamos en casa a la combinación— ni camisón. Mi
madre me amenazaba con estrangularme si come-
tía la imprudencia de sufrir un accidente de tráfico que, irremediablemente, haría que en el hospital todos se dieran cuenta —por el estado de mi
lencería y la ausencia de camisa de dormir— de
que éramos pobres. «Aprovecha para que te com-
pren bragas», susurró, antes de dejarme ir.

Fueron unas horas fantásticas, transcurri-
das callejeando por las inmediaciones del barrio
gótico, y el tío aprovechó para darme lecciones
de historia de la ciudad. «Aquí fue donde los ro-
manos fundaron Barcelona», dijo, deteniéndose
en el altozano de la plaza de la catedral. «Y ahí»,
añadió, señalando las agujas del imponente edificio de piedra, «una de las campanas se llama
María Dolores, que es el nombre que tu madre te
quiso poner, como si ya no tuvieras bastante, menos mal que conseguimos convencerla de que Manuela es más bonito, y además, era el nombre de
tu abuela materna».

Entramos en el claustro y, durante un rato,
estuvimos contemplando las ocas, que yo creía cis-
nes porque a éstos sólo los había visto en dibujos,

y porque me pareció que se deslizaban majestuosamente sobre el agua de color verde turbio, rozando apenas con el albo plumaje las piedras preñadas de líquenes. Del interior de la catedral llegaban los rezos al santísimo, y unas cuantas viejas permanecían arrodilladas en las distintas capillas que rodean el claustro, venerando sombrías imágenes. Por primera vez no me atemorizaron ni el olor a iglesia —la mezcla de cera derretida, incienso y flores mustias—, ni el crujir de reclinatorios, ni los murmullos que se filtraban a través de las rejillas de confesionarios, toda la parafernalia piadosa demasiado similar al culto a la resignación y la desgracia que Amelia y Mercedes practicaban por su cuenta.

Mientras curioseábamos en las tiendas de la calle del Call y buscábamos en las cesterías cercanas a la plaza del Pino, me pregunté si también ellos imaginaban que yo era hija suya. Al menos, el tío, sí, me dije, porque él quería tenerlos, y por eso se había casado con Amelia: porque ella le dijo que estaba embarazada y luego resultó que no. «Me cazaste bien cazado, con el cuento de la barriga», le gritó una noche durante una pelea, «y luego resulta que eres machorra y lo serás toda tu vida». Sabía qué significaba embarazada —y, gracias al desparpajo con que Amelia trataba delante de mí tales cuestiones, una idea entrecortada de cómo se llegaba a ello—, pero lo de machorra me hizo correr al viejo diccionario del tío, en el que, a escondidas, había empezado a consultar palabras como coño, joder, polla y maricón.

Ya en casa, cuando abrimos los paquetes y sacamos dos pares de pantalones de corte pirata —ceñidos y con pernera hasta debajo de la rodilla—, un sombrero de paja con un zurrón a juego, una colección de pulseras de plástico de colores, que combinaban con las sandalias de tirillas de charol, y unas alpargatas de payés rojas y blancas, todo muy superfluo, mi madre torció el gesto. No dijo nada, pero por la noche, cuando estaba en mi cama —menos desvelada por la tos que por la excitación—, entró en mi habitación y, sin mediar palabra, me plantó un bofetón que me infló media cara.

—Esto, por puta —murmuró—. Sólo las putas prefieren ir sin bragas.

Era una acotación estrafalaria, porque yo había visto a las mujeres del Orgía enseñarse, en más de una ocasión, las bragas de tejidos transparentes, con lentejuelas y pedrería, o con pompones de colores, que acababan de comprarse en las tiendas del Barrio especializadas en ropa para artistas.

En cuanto nos instalamos en el pueblo, doña Asun dejó bien sentado que: uno, debía mantenerme alejada del barranco; dos, no podía meter ni un dedo en el más pequeño de los dos lavaderos públicos, reservado para la ropa del tuberculoso oficial, y, tres, no tenía que acercarme, bajo ningún concepto, a la barraca de los gitanos. Las dos primeras eran medidas de estricta seguridad con las que también Irene se mostraba de acuerdo: no era cosa de que fuera peor el remedio que la enfermedad, y en vez de hacer salud acabara cayéndome por el precipicio, o contrayendo la tisis.

El tercer tabú tenía que ver con la distancia social que, según mi anfitriona, me separaba, a mí, que era una menesterosa, aunque tocada por su benevolencia, de los hijos de Casilda, una caterva de chavales que todo el día andaban a la greña, descalzos y alejados de los otros críos. Casilda era la mujer para todo del pueblo: trabajaba en el campo, hacía faenas por las casas, y apedazaba y zurcía con tal habilidad que los más terribles desgarrones de la ropa resultaban invisibles después de pasar por sus manos, y siempre con el último vástago en brazos o cerca de ella, metido en una cesta. Era frecuente, en aquellos días, ver a Casilda sentarse de improviso a la sombra, sacarse un pecho y enchufárselo al menor de su prole.

Doña Asun, pues, dejó bien claro que, si me aproximaba al chamizo, sería ella la degradada y difícilmente podría perdonármelo, pero pronto comprendí que contaría con la complicidad de Irene para desobedecerla.

El pueblo consistía en una larga calle polvorienta y empinada, con casas de una o dos plantas dispuestas a ambos lados, junto a las cuadras en donde se guardaban los animales y aperos de labranza; un almacén en donde se vendía de todo un poco, que olía a grasa cruda y a carburo, con una campanilla que sonaba al abrirse la puerta y una tira de papel pringado, a la que se pegaban las moscas, colgada sobre el mostrador; y una iglesia muy antigua, a cuyo interior fresco y penumbroso se llegaba subiendo cinco peldaños que el trasiego de beatas había pulido y abrillantado a través del tiempo. Más allá de la iglesia, el camino torcía hacia la izquierda y se asilvestraba, mezclándose una de sus márgenes con las matas de un gran campo inculto en el que brotaban caóticamente intensas florecillas rústicas; la otra margen daba a una barranca desde cuya profundidad llegaba el rumor de un riachuelo y, en las noches ventosas, como un desajuste de voces atravesando los matorrales.

La casa que los Nacionales llamaban finca estaba allí, separada del abismo sólo por el cami-

no, en el límite del campo sin cultivar y antes de
una extensión de tierras de labor que se perdían
en un horizonte de árboles frutales. Entre la casa
—que era una sólida torre de dos pisos con un
palomar en el tejado, un porche sobre el pequeño
jardín delantero, y un terreno caótico y desnive-
lado en la parte de atrás— y los árboles, no había
otra construcción que una decrépita caballeriza
en desuso, a uno de cuyos muros desconchados se
agarraba, como una excrecencia, el bulto de otra
gran habitación levantada con toscos ladrillos y
grumos de arcilla rojiza, bajo una precaria techumbre de chapas que dejaba pasar el caño irregular de la chimenea. Era lo que en el pueblo se
conocía como la barraca de los gitanos.

Habíamos llegado en un coche de alquiler, porque don Fernando no sabía conducir y,
como decía su mujer, «en este barrio no pega nada que tengamos chófer». En las grandes ocasiones —y aquélla lo era: por primera vez, doña Asun
iba a veranear con doncella y lectora incorpora-
das—, alquilaban un auto a una empresa de la
ronda de la Universidad, que también proporcionaba conductores. Poco más de cuarenta kiló-
metros separaban el pueblo, situado en el interior, en dirección a Montserrat, de Barcelona, y
durante el trayecto estuve demasiado ocupada en
no marearme —era mi primer viaje en coche—
como para entretenerme con el paisaje. Don
Fernando iba sentado delante, junto al chófer, y
detrás, dejándonos a Irene y a mí muy poco sitio,

resoplaba doña Asun, con atuendo que ella llamaba *de sport* —consistente en un vestido de hilo crudo sobre el inevitable corsé, con chaquetón a juego y sombrero de paja con un lazo detrás del tamaño de una avioneta—, y agarrada al maletín en donde llevaba sus joyas, contra la opinión de don Fernando, que hasta el último momento intentó convencerla de que las dejara en la caja fuerte de El Gran Damasco. «Ni lo sueñes, pendón. Yo, sin joyas, es como si fuera desnuda.»

Por la noche, una vez instaladas, comprendí que aquel período en el campo iba a regalarme algo que, hasta entonces, no había podido conocer. En cuanto el coche dio la vuelta, de regreso a la ciudad, doña Asun, envuelta en un kimono, se desplomó en su cama para hacer la siesta, e Irene y yo recorrimos la casa abriendo ventanas, sacando el polvo. Después de airear las habitaciones y quitarles las fundas a todos los muebles, ordenamos el contenido del equipaje, revisamos los numerosos armarios y cómodas y, por último, nos sentamos ante la gran mesa de la cocina para hacer una lista de lo que necesitábamos. Pero esta parte, con ser buena —como jugar a las muñecas o a la riqueza, o a la felicidad—, no era la mejor. Lo supe cuando, después de cenar, nos acomodamos las tres en el porche.

Doña Asun había traído el último *¡Hola!* y me lo alargó para que se lo leyera. Lo más pesado de mi tarea era que me interrumpía cada dos por tres para que le mostrara las fotografías.

—Cómo me gusta este hombre —dijo, refiriéndose a Luis Miguel Dominguín, a quien se emparejaba con Ava Gardner—, pero es un calavera, como mi marido. La pobre Ava, que es muy guapa pero ni comparación con Greta Garbo, va de mal en peor, primero Frank Sinatra y ahora éste.

Con todo, su ídolo era Pío XII.

—Un señor, un verdadero señor. Se nota que es aristócrata —decía—. Qué elegancia, qué distinción.

Cuando el *¡Hola!* traía algo del Papa, me lo hacía leer al menos cuatro veces, pero a mí no me importaba porque, en general, a continuación caía en trance místico y, con un ademán de desgana, me hacía cerrar la revista y dejarla entregada a sus meditaciones, como si la simple mención del Pontífice le recordara cuán vanos son los fastos de este mundo y ya no le quedaran ganas de mirar los figurines de modas, ni de saber cómo les iba al Sha de Persia y a la emperatriz Soraya, que según el *¡Hola!* tampoco podía tener hijos, aunque en la revista no la llamaban machorra, sino estéril.

Aquella semana no salía Pío XII, y la lectura se prolongó hasta muy tarde.

Irene, que limpiaba lentejas muy cerca de la luz, de vez en cuando se detenía en su labor y se quedaba con el índice y el pulgar suspendidos en el aire, sosteniendo una piedra minúscula con la mirada fija en la oscuridad que dormía como un gran animal sobre el regazo de la barranca. Quizás pensaba en mi tío, o en Tomeu, a quien le estaba vedado venir a visitarnos porque, como decía doña Asun, «una cosa es ser buena, y otra poner un colegio».

Los detalles de la última ceremonia de pesaje del gordísimo Aga Khan —que había sido suegro de Rita Hayworth—, a quien sus fieles obsequiaban de vez en cuando con su peso en brillantes —era lógico que no se pusiera a régimen, pensaba yo—, produjeron en doña Asun un fulminante efecto soporífero. La acompañamos a su dormitorio y regresamos al porche.

—Sólo un ratito, que mañana tenemos que levantarnos pronto —advirtió Irene—. Lo justo para disfrutar de un poco de silencio.

Entendí qué quería decir. Dejé que la apacible atmósfera se deslizara en mi sangre. No era sólo el silencio —complementado por un uniforme crepitar de cigarras en el que cada tanto destacaba la intrusión de una rana solista—, y no era sólo la quietud de la noche, plagada de luciérnagas y de algún que otro escarabajo volador que venía a estrellarse contra la lámpara del porche. No era sólo, tampoco, el aroma de las flores y de la hierba húmeda, el olor de la tierra, con sus acres emanaciones de estiércol. Era eso y más: una armonía como no había conocido antes. Entendí que parte de la belleza que intuía, y de la que me encontraba tan cerca como del misterioso cauce de la barranca, radicaba en el hecho de que ni mi tía ni mi madre podían alcanzarnos.

Me despertaron los pájaros, que empezaron a piar antes de que la luz del día se filtrara por los postigos, y me dio un vuelco el corazón al comprobar que la belleza de la noche anterior no se había desvanecido. Seguía allí, implícita en el tacto suave de las sábanas contra mi piel, en la solidez de la cama que ocupaba y que era la más grande y alta que yo había visto nunca. Si levantaba los ojos, sin moverme, veía el cabezal de madera casi negra y, encima, el cuadro —representaba a una mujer morena, de pelo ondulado y boca sonriente, que sujetaba una jarra entre sus brazos desnudos—, tan distinto de la escena del prendimiento de Jesús en el Monte de los Olivos que presidía el dormitorio de Ismael y Amelia, pese a las protestas del tío. La habitación era también muy grande. Delante de mí, sobre una cómoda cubierta por una placa de mármol, descansaba un juego de tocador como los que había visto en las platerías de la Rambla, con los cepillos para el pelo boca abajo, los peines sobre una bandejita y varios frascos de cristal pintado, uno de ellos con un rociador con borla, para el perfume. En los cajones de la cómoda estaban ahora mis pocas prendas —Irene había fruncido el ceño al ver mis dos únicas bragas recosidas, pero la vergüenza que me produjo su descubrimiento fue muy inferior, supuse, a la que habría sentido de haber sido desenmascarada en un hospital—, y en el armario de tres cuerpos que había a mi derecha —podía ver parte de la cama y de mí misma reflejada en la luna del espejo—, en sus estantes, se apretujaban juegos de sábanas y algunas mantas.

No se oía otro ruido que el de los pájaros, por lo que deduje que las dos mujeres dormían aún, y me quedé en la cama durante mucho tiempo, despierta por completo pero sin querer abandonar aquel precioso estado de vigilia, la ilusionada espera de felices sucesos. El sol orillaba en mi cama desde hacía horas, colándose por las rendijas del balcón, cuando Irene entró sin hacer ruido y, al verme despierta, se echó a reír y me revolvió el pelo.

—Menuda vida, ¿verdad? —se sentó en el borde de la cama y dejó un envoltorio de papel de periódico sobre mi regazo—. Anda, que el desayuno está listo. He ido al pueblo a por leche y pan. En el almacén venden de todo.

Eran cuatro braguitas de algodón.

—¿A que no sabes qué tenemos que hacer ahora? —dijo, sin dar importancia a mi sonrisa agradecida—. Pues bañar a la vieja en un barreño, porque, ya ves, mucho presumir pero aquí no hay más que un retrete. Vamos, que he puesto el agua a calentar.

Salió, y yo me puse una de las bragas nuevas y, encima, la ropa del día anterior. Bajé a la cocina. Doña Asun, en camisón y con redecilla sobre el pelo azabache, estaba acodada a la mesa de madera sin pulir, sorbiendo un gran tazón que sujetaba con las dos manos, sin olvidarse de levantar los meñiques.

—La higiene es fundamental, recuérdalo —estaba diciendo—. Y también la coquetería, aunque eso a ti no debe preocuparte.

Irene, que manipulaba cacharros sobre las placas de la enorme cocina económica, se volvió hacia mí con rostro impasible, aunque los ojos le chispeaban de malicia.

—Doña Asun me está dando clases de comportamiento.

—Una mujer debe cuidarse para su marido —siguió la gorda, satisfecha—. Y, en tu caso, para la gente a quien sirves, dentro de la decencia. Porque no es lo mismo, guapina. A mí me hacen la manicura todas las semanas, pero tú, con que lleves las uñas cortas y limpias, es suficiente. Mi madre, que era una santa, lo decía: lo que distingue a una señora de una criada son las manos.

Acabé como pude el enorme café con leche y la rebanada de pan tostado, mantequilla y azúcar —«Tienes que engordar, nenita, en mi casa no quiero esqueletos»—, y me dispuse a ayudar a la prima en la tarea de bañar a una adulta de casi cien kilos de peso. Doña Asun, que dirigía la operación, se opuso a que la realizáramos en la huerta.

—El lavadero de fuera es para vosotras, pero a mí me bañáis en la cocina, faltaría más. Hay sitio de sobra.

Nunca olvidaré su mole granítica, plantada en el barreño sobre unos pies deformados por los juanetes, mientras mi prima le arrojaba agua templada por los hombros. Tenía en los muslos las mismas venas azules que en la cara, pero mucho más anchas y prominentes. «Son varices», me informó más tarde Irene, «pero no se las nombres o se enfadará.» Cuando estuvo bien mojada, doña Asun emitió un gruñido de placer y dictó:

—Y ahora, la mejor combinación posible para una piel de reina como la mía. Heno de Pravia y estropajo.

Eran más de las once cuando Irene y yo, exhaustas y con la ropa salpicada, acabamos de secarla, le pusimos el corsé y la vestimos y enjoyamos.

—No pienso dejarme por estar en el campo —explicó—. Ahora, nenita, puedes ir a dar una vuelta, pero mucho cuidado con quién te juntas.

Aquella ceremonia se repetiría a diario. Doña Asun podía tener muchos defectos, pero desaseada no era.

Tardé varios días en acostumbrarme a campar por mis respetos, libre de ir y venir y de moverme —con las tres excepciones ya mencionadas— sin dar explicaciones a nadie. Cada mañana, después de bañar a doña Asun y recibir de ella una nueva tanda de recomendaciones acerca de lo que una mujer decente debe saber, hacer o evitar, Irene me daba un cachete en el culo y me alentaba:

—Hala, vete a corretear por ahí, a ponerte fuerte. A ver si haces amigos.

Entonces no me daba cuenta, pero los adultos y sus conflictos me habían condicionado hasta tal punto, estaba tan encerrada en los espacios que ellos determinaban, que simplemente carecía de naturalidad y gracia para entablar amistades con gente de mi edad. Por eso me limitaba a merodear por la calle principal, entreteniéndome con cada descubrimiento. Podía permanecer horas viendo herrar a un caballo o sentada a prudente distancia de las mujeres que golpeaban la ropa en el lavadero, en las afueras. Cuando me preguntaban si se me había comido la lengua el gato, yo sacudía la cabeza, y nada más. En una ocasión, una de las niñas del pueblo se apartó de su grupo y se me acercó, supongo que con la mejor de las intenciones, pero lo primero que me preguntó fue a qué se dedicaba mi padre. Mercedes solía advertirme: «Tú no puedes tener amigas, porque no eres como las demás niñas». En lugar de responder, clavé la vista en la punta de mis alpargatas, hasta que se hartó de esperar y regresó al grupo. Aquélla fue la única oportunidad de integrarme que tuve, y la dejé pasar.

No me sentía mal, pero echaba en falta alguien con quien comentar. Irene trabajaba el día entero y parte de la noche, pendiente de los caprichos de doña Asun —cuya principal actividad durante el veraneo consistió en mecerse en el balancín y hablar de sí misma— y, además, no era nada fisgona. Habituada a los interrogatorios de Amelia y Mercedes, la discreción de la prima me dejaba un poco sola. Con las mujeres tenía que inventar, pero a Irene, parca en palabras, me daba corte explicarle en qué gastaba el tiempo, y también temía defraudarla si le confesaba que no había hecho amigos.

—¿Todo bien? —preguntaba al verme llegar a la hora de comer, comprobando, de una ojeada, que seguía ilesa—. ¿Tienes hambre?

Y por la noche, igual. A los pocos días, mi curiosidad por el oficio de herrero o el parloteo de las lavanderas había sido satisfecha, y me dije que había llegado el momento de explorar terreno desconocido. Cogí el libro que Ismael me había regalado para el veraneo —a mí, un libro me cundía mucho: podía leerlo infinitas veces, y en cada nueva lectura me gustaba más—, *La Estrella del Sur*, de Julio Verne, y decidí que era lo único que necesitaba para pasarlo bien: un libro, y el paisaje. Quién sabe si podría encontrar un prado como el de Les Planes, un sitio en donde poder estar sola para jugar a los párpados cuando me cansara de leer.

Aquella mañana no me dirigí al centro del pueblo, ni a la explanada donde estaban las albercas, sino que cogí el camino contrario, hacia la línea de árboles del horizonte. Tenía que pasar por fuerza por delante de la barraca a la que me estaba prohibido acercarme, y eso excitaba mi curiosidad. Quizá, pienso ahora, era lo que quise hacer desde el primer momento, pero si fue así no me lo confesé. De la parte posterior del chamizo salía una columna de humo denso y oscuro. Me acerqué con precaución, y me pareció que, dentro de la casa, no había nadie. Me detuve, vacilante, y entonces le vi, aunque no supe si acababa de aparecer o había permanecido allí todo el rato, observándome.

Apoyado en la última perpendicular de la mellada pared se encontraba un muchacho que aparentaba mi edad. Todo él era fosco —los pantalones de dril, cortos por encima de la rodilla, que le venían anchos y se sujetaba al talle mediante una cuerda; la camisa en cuya pechera estaba secándose una de las manos; la piel de rostro, piernas y brazos— y felino. Llevaba algo en la otra mano y, sin que yo le preguntara, me dijo:

—He hecho un barco. ¿Quieres verlo? —no se movió.

Me aproximé. Era un rudimentario bote-cillo hecho de tierra. Lo toqué: estaba caliente.

—Mira —se dio la vuelta, invitándome a seguirle—. También hago personas.

Detrás de la vivienda, en un pequeño te-rreno baldío, había todo tipo de objetos inservi-bles, macetas rotas y hasta una carretilla de las que usan los albañiles, pero sin ruedas. El chico se puso en cuclillas junto a un montón de ladrillos apilados ordenadamente, una especie de cajón que tenía una gran boca abierta en un lado y un aguje-ro en la parte superior, por el que seguía saliendo humo. Vi varias figurillas alineadas en el suelo.

—Es un horno —explicó—. Puedo cam-biar la forma de la tierra y convertirla en lo que quiera.

Metió las dos manos en un cubo, sacó una buena porción de fango rojizo y lo amasó durante un rato, silencioso y concentrado como si yo no estuviera. Sus dedos se movían ágilmente, quitan-do aquí y poniendo allá, sin vacilación alguna, el ceño fruncido y los ojos —me había dado cuenta de que los tenía amarillos, nunca había visto, y nunca volví a ver, unos ojos como los de Diego, el hijo mayor de Casilda— convertidos en dos lumi-nosas rayitas. Moldeaba como si lo que quería ob-tener se encontrara dentro de su cabeza y el fango no fuera lo bastante rápido para comprenderlo. En unos minutos, la masa informe se convirtió en una pequeña cabeza, del tamaño de una naranja, con dos trenzas.

—Eres tú —dijo, mostrándomela con orgullo—. No, no la toques aún. Hay que cocerla.

Era la primera vez que veía a alguien crear de la nada, y todavía hoy, cada vez que empiezo un libro, pienso en Diego y retomo aquel momento en que supe que ciertas personas poseen la facultad de materializar lo que para otras sólo está en el aire.

—¿Quieres probar?

Vacilante, acepté su invitación, pero, en mis torpes manos, la arcilla no adquirió formas reconocibles. Nunca fui capaz ni siquiera de bordar siguiendo un dibujo.

—Te ha salido un panecillo —rió, tomando la masa redonda de mis manos. Con gesto decidido trazó una honda cruz en la superficie, utilizando el pulgar—. Será el panecillo de Manuela.

Lo sabía todo sobre mí, todo lo que se podía saber en el pueblo: que había venido a hacer salud y que era una protegida de la rica de la ciudad, la gorda que se bañaba en un barreño. No le dije que yo también sabía cosas de él, cosas que escuchaba decir a las mujeres del lavadero: que se le consideraba medio idiota porque no le gustaba ir ni con los niños normales ni con sus hermanos, que su padre era un chatarrero que iba de pueblo en pueblo por la zona y que jamás volvió desde que Casilda se quedó preñada de él, y que, además de llamarles gitanos, también se referían a ellos como los hijos de las cuarenta mil leches, porque cada uno era de un padre diferente. Desde el principio tuve la impresión de que conocerle había sido lo más importante que me había ocurrido, quizá porque era la única persona a quien había conquistado por mí misma.

A lo largo de aquel verano, Diego hizo de mí una niña sin miedo. La misma mañana en que nos conocimos rompí, gracias a él, los otros dos tabúes. Bajé por la barranca, siguiéndole por un camino atroz por el que me deslicé de culo —pronto abandonaría, envalentonada por su apoyo, tan melindrosa costumbre— y, antes de volver a casa para comer, me convenció para que nos diéramos un remojón en el lavadero prohibido.

—No pasa nada —me alentó—. Yo me baño siempre aquí.

—Pero es de un tísico.

—Murió. Además, no era tísico, sino sifilítico, que es como la tisis pero de aquí —se llevó la mano a la braqueta, y aprovechó el gesto para desabrocharse y quedarse en unos calzoncillos amarillentos que también le venían grandes—. Y a mí no se me ha pegado nada.

Le imité. Al fin y al cabo, llevaba bragas nuevas, y mi madre nunca me había alertado contra la sífilis, que no debía de ser tan mala cuando el doctor Morales la podía curar.

Por primera vez volví a casa con las rodillas sucias y algo despellejadas, e Irene no sólo no me riñó sino que se puso de buen humor. No me atreví a decirle quién era mi compañero de juegos, y en cuanto terminé de comer salí de nuevo a buscarle. Había encontrado al mejor de los guías, y ni por un segundo reparé en que había ido a elegir a alguien con una situación familiar tan irregular como la mía, aunque supongo que eso era lo que me tranquilizaba.

Dos o tres noches más tarde, cuando doña Asun roncaba en su cama, Irene, que estaba rematando los dobladillos de unos trapos para limpiar que había hecho aprovechando viejas fundas de almohada, me preguntó de sopetón:

—¿No echas de menos a tu madre?

Desvié la mirada, porque no quería mentirle.

—He pensado que mañana podríamos acercarnos hasta el cruce y telefonear a tu casa desde la fonda. Hablas con ella y, de paso, señalamos un día y una hora para que mi madre y Tomeu se vayan allí. Así podremos hablar con ellos.

Irene recibía un par de cartas por semana de su hijo: pequeñas hojas de cuaderno con cuatro o cinco frases, como mucho, escritas a lápiz, con las palabras tan marcadas por la mina humedecida con saliva que el papel estaba lleno de agujeritos. Debí haberme dado cuenta de que las cartas no le bastaban. Demasiado ocupada en divertirme, no había reparado en que Irene no huía, como yo de Mercedes, Amelia y la sombra de mi padre. Por el contrario, ella había dejado en Barcelona lo que más amaba: Tomeu, por supuesto, e Ismael. Llena de remordimientos le dije que sí, que la acompañaría al cruce —egoístamente, pensé que eso me obligaría a permanecer menos tiempo con Diego—, y que tenía muchas ganas de hablar —pronuncié neutramente las palabras— con mi casa.

La verdad es que tampoco había pensado mucho en Ismael, y eso era lo que más me culpabilizaba. Ahora que la prima me devolvía a la realidad, comprendía cómo me habría gustado compartir con él mis descubrimientos, mi amistad con Diego.

—Además —añadió Irene—, doña Asun quiere que su marido venga a verla, se ha pasado el día quejándose de lo abandonada que la tiene. Se lo podemos decir al tío. A lo mejor, hasta vienen juntos. ¿Te gustaría?

—Mucho —era una idea extraordinaria.

De pronto, me corté:

—¿Los dos solos, sin ellas?

—En este sentido, las instrucciones de doña Asun son muy precisas: nada de mujeres. Quiere ser la reina del baile.

Siguió cosiendo y me dije si no había llegado el momento de contarle lo de Diego. Tanteé el terreno:

—¿Por qué a Casilda y sus hijos les llaman gitanos?

—No lo sé —dijo, sin levantar la vista de la costura—. Porque son andaluces, supongo. Y muy pobres.

Alisó una prominencia del pespunte pro-
pinándole unos golpecitos con el dedo medio,
calzado con dedal, y añadió, todavía sin mirarme:

—Que yo sepa, Casilda es una buena mujer
que se revienta a trabajar. Cuentan que ha tenido a
sus hijos en el campo, debajo de un árbol, y que
al día siguiente estaba otra vez fregando suelos.
¿Por qué me lo preguntas?

—Es que he conocido a Diego, el mayor.

—¿Y a ti te parece malo?

—Qué va, es muy listo y sabe muchas cosas.

—Pues entonces. Tú pórtate bien, y yo me
encargaré de que doña Asun no se entere. Ojalá
estuviera Tomeu aquí, para divertirse con vosotros.

Al día siguiente, mi madre y mi tía llora-
ron como descosidas durante los breves minutos
en que conversamos, y Mercedes aprovechó para
amenazarme con un programa de inmersión si no
me comportaba como es debido. Ismael no estaba
en casa, no, pero le pasarían el recado de doña Asun
y ya se encargaría Amelia de que arrastrara al des-
castado de don Fernando hasta el pueblo, dijo Irene
después de colgar.

—Bueno, ya está —suspiró Irene, de vuelta a la torre.

Yo sabía que, cuando me viera, el tío que-
daría impresionado por mi buen aspecto. El sol y
el aire libre habían hecho su trabajo, fortaleciéndo-
me, y la buena alimentación puso el resto, aunque
no estoy segura de que todo el mérito se debiera
a la leche recién ordeñada que Casilda —repartir

leche y huevos frescos era una de sus muchas tareas— traía cada mañana, ni a los espesos caldos
de gallina con que Irene, pese al calor, me ati-
borraba. Mi dieta se había enriquecido con un
aporte inesperado, que me gustaba tanto como,
en la ciudad, me atraían los guisos de la Alemana. Y es que todas las tardes, Diego y yo pasábamos por el chamizo y nos preparábamos una
rebanada de pan de payés untada con una com-
pota de melocotón que Casilda preparaba a diario, y que nunca faltaba en su cocina, en ausencia
de otros alimentos. A veces coincidíamos con alguno de los hermanos, medio salvajes y malenca-
rados, y entonces el semblante de Diego se volvía
taciturno. En cuanto nos hacíamos con la me-
rienda salíamos disparados, ansiosos de nuevas
exploraciones.

Recoger manzanas medio podridas y dár-
selas de comer a los cerdos, escuchar sus gruñidos
y tratar de imitarlos; ir a la cantera a por arcilla o
sentarnos en la carretera para ver pasar los coches
—en aquel tiempo, tan pocos que los podíamos
contar, e incluso jugábamos a predecir cuántos se-
rían y el que más se acercaba tenía derecho a co-
merse las moras más gordas y jugosas que encon-
trábamos entre los matorrales—, eran algunos de
nuestros pasatiempos menores. El más interesante
seguía siendo, con mucho, la exploración de la barranca y del riachuelo que canturreaba en su fondo. Diego aseguraba que este último estaba lleno
de peces, él incluso los veía, pero yo nunca lo con-

seguí, por mucho que me fijé —me pasaba como con los tomates de Palmira—, y ahora pienso que puede que me tomara el pelo.

Ismael y don Fernando llegaron a media mañana de un sábado, a finales de julio, en el coche de línea, que tenía su parada en el cruce, delante de la fonda. Don Fernando bajó secándose la frente con un pañuelo.

—Nunca más. La próxima vez, en auto, diga lo que diga éste, que se ha empeñado en hacerme ahorrar —señaló a Ismael, que salió del autocar con la chaqueta de su traje de mil rayas al hombro y un rollo de revistas bajo el brazo: los *Florita*, para mí, y los *¡Hola!* para doña Asun. Al pueblo no llegaban más que dos ejemplares de *La Vanguardia*, uno para la fonda y el otro para el tendero, y la *Solidaridad Nacional*, que era para el alcalde. Para comprar revistas había que ir en coche de línea, a Esparraguera, y entre una cosa y otra se perdía una mañana: demasiado tiempo para que doña Asun se quedara sin Irene.

—Vaya estirón que has dado —dijo el tío—. Casi no te puedo levantar del suelo.

Iban a quedarse hasta el domingo por la noche, y al tío le habíamos preparado un dormitorio que Irene y yo limpiamos a fondo el día anterior, y a cuya decoración contribuí con unas amapolas que corté en el camino.

Aquel día fuimos todos de excursión al arroyo, aunque lo hicimos bordeando la carretera, y tomando luego un sendero que descendía suavemente hasta la orilla. Me guardé de decir que ya había estado allí, y que se llegaba antes, tal como Diego me había enseñado, bajando por el precipicio, entre las perfumadas matas de genista, del color de los ojos de mi amigo. Cuando llegamos, fingí sorprenderme como los adultos y me uní a sus exclamaciones de admiración. Era, en verdad, un paraje hermoso, aislado de los escasos ruidos del exterior por árboles que filtraban la luz solar y nos protegían del calor de julio. Cerca del agua, que corría con rapidez, resbalando sobre las piedras, el terreno se alisaba lo suficiente para permitirnos acampar.

Irene colocó la cesta con la comida a la sombra, e Ismael puso dos botellas a refrescar, una de vino y la otra de gaseosa, dentro del agua, en la orilla, encajándolas entre dos rocas para que no se las llevara la corriente. La prima extendió una manta en el suelo, después de haber apartado las agujas de pino, y dispuso un asiento para doña Asun colocando un cojín en el suelo y otro, a modo de respaldo, contra la superficie resinosa de un tronco. Doña Asun se dejó caer, no sin esfuerzo ni ayuda —mi prima y yo la sujetamos mientras ella se desmoronaba lentamente, como cae una carpa cuando la desmontan, en las películas de circos—, y, una vez instalada, se puso a gorjear tópicos:

—Qué paz, qué bendición. No sabes lo que te estás perdiendo, perillán, por quedarte en Barcelona.

Su marido, sentado sobre un peñasco, a sus espaldas, aprovechó la impunidad de su situación para enviarle una mirada asesina. Había encendido un puro y lanzaba bocanadas intensas, dando a entender lo que le importaban tanto el súbito entusiasmo de su mujer por la naturaleza como la implícita recriminación hacia su veraneo en la ciudad.

Poco más tarde, doña Asun empezó a valorar los inconvenientes del lugar. Dijo que le dolían el cuello y las nalgas, y que la manta estaba llena de hormigas, tal vez no había sido tan buena idea bajar al río a comer, aunque, de todas formas, tenía un hambre espantosa y ya era hora de sacar la tortilla y el pollo empanado de la tartera. El tío y yo, que estábamos amontonando guijarros en la orilla, sin hablar, disfrutando del momento, miramos a Irene, que ya extendía el mantel y sacaba de la cesta los platos y cubiertos de aluminio.

—Vaya por Dios —rezongó Ismael, sólo para mí—. ¿Te gustaría meterte en el agua? No está muy fría.

—No tengo bañador —respondí.

—Ni lo necesitas, criatura. Con las bragas vas que chutas.

En bragas era como me bañaba con Diego en el lavadero del sifilítico, pero no era cuestión de confesárselo.

—Después de comer —intervino Irene.

—No, que se le cortará la digestión —zanjó doña Asun, dando por liquidado el asunto—. Y ahora tampoco, es peligroso.

Como no se puede repicar e ir a misa, la mujer, después de haberse atiborrado y de intentar hacer la siesta bajo el árbol, decidió que ya estaba bien y que prefería volver a la casa.

—Donde esté una buena cama —dijo—. Vámonos a casa, que hace tiempo que no me tocas las teticas, tenorio.

El ataque de lubricidad pilló a don Fernando por sorpresa, y casi se le atragantó el nuevo puro que acababa de encender. Sonrojado hasta la gomina, la ayudó a ponerse en pie.

—Vosotros, quedaos aquí —ordenó la vieja—. Dejadnos solos, que este galán tiene que ponerse al día en el débito conyugal.

Permanecimos inmóviles, mirando cómo subían trabajosamente la cuesta, y en cuanto estuvieron lo bastante lejos estallamos en carcajadas.

—Al agua, patos —dijo el tío.

Me desnudé y me zambullí. Ismael se enrolló los pantalones bajo la rodilla y se metió también un trecho.

—Sin alejarte —dijo—. Puede haber corriente. Pero no te preocupes, que yo estoy aquí.

—¿Y la digestión? —gritó Irene, desde su observatorio. Sentada en la manta, se acariciaba los tobillos con una pequeña rama.

—Patrañas —replicó Ismael.

Nadé bajo su mirada atenta, tratando de demostrarle que seguía sus enseñanzas al pie de la letra, y que sus apuros en los baños de San Miguel habían merecido la pena.

—No dejes de respirar —bromeó.

Algunas sensaciones no se olvidan nunca, y marcan una vida con lo que parece una meta de felicidad a la que pretendemos inútilmente regresar cada vez que el vacío se hace en nosotros. Así quiero volver a aquella tarde cuando me agobia la mujer en que me he convertido, para recuperar la calma mayestática que me envolvió en aquellos momentos: moviéndome como un perrillo para mantenerme a flote, con el agua que fluía en torno a mi cuerpo para perderse en un recodo, transparente como nunca volverá a aparecer, si es que sigue corriendo por el mismo sitio. El sol, bajo, irisaba la superficie sedosa del río, creando puntos de colores que atravesaban las siluetas de Irene e Ismael, tan juntas que formaban una sola mancha en el contraluz, como si los estuviera viendo a través de mis párpados apretados.

Aquella tarde fui feliz, supe que lo era, y también que, en adelante, lo recordaría. Lo único que ignoraba era que no iba a repetirse.

De mala gana, emprendimos el camino de regreso a una hora que Irene consideró prudencial, aunque faltaba mucho para que anocheciera. Había una claridad luminosa en el aire, el tipo de esplendor que el sol desparrama sobre la tierra antes de desaparecer. Las agujas de pino crujían bajo el esparto de mis alpargatas. Irene me había secado bien, frotándome con el mantel, y luego me tuvo envuelta un buen rato en la manta.

—Vas a ponerte más morena que tu amiguito Diego —comentó, besándome.

—¿Diego? —Ismael ladeó la cabeza—. ¿Tienes novio y no me dices nada?

Me habría gustado contárselo todo a mi tío, o mejor aún, llevarle a conocer a Diego para que viera en él lo mismo que yo, pero sabía que esa tarde era para ellos dos, y me limité a sonreír y hacer ver que estaba ocupada reuniendo la ropa para vestirme.

Cuando iniciamos el retorno, sugerí que conocía un camino más corto.

—No importa —dijo suavemente el tío—. Ya nos lo enseñarás otro día. Ahora no tenemos tanta prisa, ¿no es cierto, Irene?

Eché a correr, adelantándome a ellos.

—¡Os espero en la carretera! —grité.

Habría matado a quien osara separarlos.

A la hora de cenar, los Nacionales se enzarzaron en una grotesca discusión.

—Si hubieras venido en coche, mañana podríamos haber ido a misa a Montserrat, con la ilusión que me hace. Lo que pasa es que no piensas más que en ti, libertino.

Hasta yo me daba cuenta de que la siesta no había salido como doña Asun lo había previsto, y que lo de Montserrat no era más que una excusa.

—Podemos pedir un taxi —propuso don Fernando, con cara de culpable.

—No me da la gana ir en taxi. En taxi no se va a la casa de Dios.

—Asunción, Dios sabe muy bien por qué esta vez no podemos ir en coche.

Cuando hablaban de Dios, los Nacionales lo hacían con sorprendente familiaridad. Eran la clase de gente que considera la religión como una especie de inversión rentable, y la Iglesia un club de élite al que, por motivos de clase y lustre, hay que inscribirse. Doña Asun detestaba las iglesias pequeñas, aunque fueran románicas —otra cosa habría sido disponer de capilla propia y reclinatorio con iniciales—, y consideraba los templos importantes como embajadas papales en donde se podía practicar la piedad, en la seguridad de pertenecer al restringido círculo de justos que hacía girar el mundo en la debida dirección. El matrimonio había visitado el Vaticano —como evidenciaban sendas indulgencias plenarias expuestas en el recibidor de su piso de Barcelona—, y doña Asun no se cansaba de proclamar que, después de la basílica de San Pedro, sólo la del Pilar, en donde afirmaba haberse casado, y el santuario de Lourdes, del que cada vez que iba se traía agua milagrosa, le parecían lugares en donde la presencia divina se hallaba fuera de dudas. Que Dios estuviera también en Montserrat, dado el carácter conocidamente separatista de los monjes y la sobriedad excesiva de la imagen de la Moreneta, era más improbable, como le recordó don Fernando:

—No sé a qué vienen estas ganas de ir a Montserrat, con la manía que le tienes.

—¿Qué delito he cometido para merecer a este tirano? —suspiró, haciéndonos testigos de sus padecimientos—. Le he dado los mejores años de mi vida, y es así como me paga.

—Tienes razón, ojalá hubiéramos venido en coche —refunfuñó don Fernando, levantándose de la mesa y tirando al suelo la servilleta—. Al menos podría marcharme ahora. Qué harto estoy de ti, cojones. Vamos a acercarnos a la fonda, Ismael, a ver si hay alguien para jugar al dominó.

—Eso, huye. Por mí, como si te vas para siempre, putero.

El tío, que como Irene y yo había comido en silencio mientras los Nacionales se peleaban, se levantó con alivio y siguió a don Fernando hacia la puerta. Nosotras recogimos la mesa, tratando de hacerlo con la mayor celeridad posible. Yo estaba deseando irme a mi habitación a leer los *Florita* atrasados, pero doña Asun, que también había recibido su ración de prensa, tenía otros planes. El *¡Hola!*.

Con todo, el sofoco le impedía concentrarse y, a media descripción de la canastilla que preparaba la marquesa de Villaverde para el hijo que estaba esperando, me arrancó la revista de una revolotada, la dejó encima de las otras y, levantándose de un único impulso —la ira le daba fuerzas, supongo—, bramó:

—¡Pues se va a enterar, como luego pretenda hacerme picardías!

Y se encerró en su dormitorio sin darnos las buenas noches.

Era muy tarde cuando los hombres volvieron, y yo aún estaba leyendo, pero apagué la luz de la mesilla en cuanto les oí, y así permanecí hasta que se extinguieron los ruidos. Cuando me disponía a encenderla otra vez, para entregarme a las divertidas aventuras de las hermanas Dolly, unos pasos cautelosos se detuvieron ante mi puerta, giró el pestillo y, por unos segundos, escuché el murmullo de una respiración. Luego la puerta se cerró y los pasos se alejaron. Salté de la cama, pero no vi a nadie, aunque me pareció percibir un temblor de baldosas procedente del cuarto de Irene.

Los dos hombres se marcharon antes de lo previsto, en el primer autocar de la mañana. Doña Asun se quedó en su dormitorio, y su marido, encogiéndose de hombros, dijo que ya se le pasaría.

—Volveremos por su santo —prometió, hoscamente: faltaban aún casi tres semanas para la Asunción—. Y en el jodido coche.

Me quedé con las ganas de que el tío conociera a Diego, pero mi contrariedad desapareció en cuanto me reuní con mi amigo y reanudamos nuestras correrías.

Diego tenía la virtud de hacer que lo pasajero pareciera inmutable. Del mismo modo que sacaba del horno las formas de su imaginación, otorgaba a cada momento un carácter imperecedero. Los descubrimientos que hice con él —nombres de insectos, caminos secretos, lugares apartados en donde nos escondíamos a soñar— han viajado conmigo a lo largo del tiempo, forman parte de la experiencia real en la que me refugio. El color de mis ojos es marrón, tengo las manos y los pies pequeños y un miedo atroz a morir tosiendo, como casi nací. Y junto con esto, que es irrefutable, están la tienda de campaña que Diego y yo nos hicimos con cuatro cañas arrancadas de la orilla del río y sábanas viejas, y el momento, después de las abrumadoras lluvias de verano, en que salíamos a buscar caracoles para ponerlos a hacer carreras en su patio, antes de dárselos a Casilda para que los cocinara con tomate; están las horas pasadas tumbados en la hierba, mirando al cielo, las vertiginosas bajadas por la barranca, que parecía descender hacia el infinito, y, sobre todo, el aprendizaje de la compañía.

Igual que muchos hombres poseen la capacidad de encerrar en compartimentos estancos diferentes aspectos de su vida —la profesión, la esposa, la amante, las juergas, el fútbol, la relación con los jefes o con los subordinados—, yo aprendí a separar, desde muy pequeña, las corrientes subterráneas que componían la mía. Sólo así podría defenderme, sólo bloqueando cada pieza del mosaico podría salvar las partes valiosas de verse confundidas y anuladas en la taracea completa.

Cuando Mercedes y Amelia, tan dadas a los refranes, repetían que una sola manzana podrida descompone todas las del saco —un dicho que se sacaban de la manga para justificar que no me permitieran tener amigas—, ignoraban que lo tomaba al pie de la letra; que, siguiendo su filosofía, guardaba cada manzana sana de mi existencia en un espacio inviolable, seguro. En el cajón de Ismael, nadie más que Irene podía entrar. Mi padre era una amenaza aletargada que esporádicamente se salía de sus límites, trayendo la confusión a mi vida. Las mismas Mercedes y Amelia, sin saberlo, desaparecían del entero dibujo —como los fragmentos de tulipanes que faltaban en el suelo de casa— cuando yo quería eliminarlas: cerrando los ojos, mirando a otro sitio, metiéndome en una película o siendo la Belinda del *Florita*.

Durante la temporada que pasé en el pueblo, de Barcelona sólo conservé a Irene y, en las dos ocasiones en que vino, a Ismael. Sólo ellos tenían cabida en un universo al que me había adaptado como si hubiera nacido allí, rodeada de espacios abiertos y tan alejada del Barrio como lo estaba cualquiera de los payeses que salían con el alba a trabajar la tierra.

Gracias a la prima, fui liberada de bañar a doña Asun, que se hallaba demasiado ensimismada en construirse, ella también, una realidad distinta. Su interpretación de la rica hacendada encontraba en Irene una espectadora atenta y paciente, la primera criada con la sensibilidad y el talento necesarios para comprenderla. Se pasaba las horas contándole cómo conoció a don Fernando, enumerándole sus anteriores pretendientes, inventando las causas de su enriquecimiento, imaginando parientes encumbrados, y dándole lo que ella llamaba una buena instrucción sobre urbanidad y economía doméstica. Mintiéndose, en fin, como hacemos todos cuando soportamos mal lo que somos. Para Irene resultaba sencillo escucharla y asentir. El principal rasgo de su carácter era la benevolencia, y hasta le había perdonado que la alejara de su hijo. Las cartas de Tomeu, debido a que iba perdiendo el miedo a escribir, o tal vez porque se sentía muy solo, eran cada vez más largas. Cartas en las que también se mentía, porque nombraba a su padre y no dejaba de contar cómo se preparaba para cuando él viniera a buscarle.

Una vez sorprendí a Irene leyendo una de aquellas misivas. Estaba en el porche, y el sol acababa de ocultarse al otro lado de la barranca, arrastrando una cola de luz tornasolada. La prima no notó mi presencia hasta que estuve muy cerca. Entonces se volvió y vi que un retazo añil le cruzaba

la frente, la huella del atardecer convertida en tristeza sobre su rostro noble.

—Ven aquí —dijo.

La obedecí, y me abrazó tan fuerte que casi me hizo daño.

Más adelante, cuando el débil edificio de
amor y seguridad se desmoronó sobre nosotras,
retrocedí a aquel momento en el pueblo y tuve
que preguntarme, sin encontrar respuesta, si era
verdaderamente la carta de Tomeu el motivo de su
desazón. Pero yo no sabía nada, ignoraba por completo los sombríos pasadizos por donde los mayores se evadían cargados con sus ansias de felicidad y sus sentimientos de culpa; era sólo el testigo
de algunas verdades incompletas.

Volaban los días sin que mi felicidad disminuyera, como si pensara que el verano y mi alejamiento del Barrio iban a resultar eternos, y que nada podría destruir la intimidad que compartía con Irene, ni mi amistad con Diego. Antes del 15 de agosto —don Fernando dejó un recado en la fonda confirmando que vendría—, en que el pueblo se pondría en fiestas, hubo una tormenta extraordinaria, como no había conocido en la ciudad, una de esas tempestades apocalípticas que te hacen sentir miedo y maravilla a la vez, tan parecidas a la pasión —esto lo sé ahora—, que no es más que una tempestad de dentro.

La habíamos visto acercarse desde el este, surgiendo como un monstruo de fábula del horizonte acogedor dibujado por las hileras de árboles entre los que Diego y yo teníamos costumbre de perdernos para robar fruta. Cuando los nubarrones empezaron a agruparse, a lo lejos, en un fardo negro desgarrado por intermitentes resplandores, Diego advirtió que debía irme a casa. Me había habituado a que velara por mí, y no vacilé cuando me dijo que más valía que lo que venía me pillara bajo mi techo. Yo estaba en su patio, sentada en el suelo, con las piernas llenas de arañazos —y con qué orgullo exhibía aquellas señales de mi creciente audacia, cómo deseaba que duraran lo suficiente para presumir de ellas ante mi tío—, ayudándole a ordenar su colección de chapas de botellas. Los otros críos, para variar, se peleaban, y Casilda, que trabajaba masa de pan en la mesa de la cocina, con las mangas de su eterno vestido negro arremangadas y los brazos cubiertos de harina hasta los codos, hizo un alto en su tarea para acercarse a nosotros y respaldar a su hijo:

—Es mejor que te vayas, no hagas sufrir a Irene.

Así que regresé antes de lo acostumbrado, dejando a Diego, que se disponía a trepar a la techumbre para asegurarla con piedras. Doña Asun, repantigada en uno de los sillones del cuarto de estar, tenía una toalla extendida sobre las rodillas y la mano izquierda sumergida en uno de los tazones de desayuno, lleno de agua jabonosa. Sentada a su lado, Irene trabajaba con unas tenacillas la otra mano de la mujer, que seguía empeñada en aleccionarla.

—Una señora nunca debe abandonar la pulcritud, y menos en sitios como éste, viviendo entre incultos campesinos. Es precisamente en los ambientes zafios donde la clase alta tiene que dar ejemplo, cuidando los más mínimos detalles que diferencian a las personas civilizadas de las bestias.

—¿Como la manicura? —preguntó Irene, sin dejar de arrancarle pellejos y sin mover un músculo del rostro.

—Ay, qué bruta puedes ser a veces. Me has hecho daño —saltó doña Asun, pero en seguida retomó el hilo—. Sí, como la manicura.

Advertida de mi presencia, doña Asun se dirigió a mí:

—A ver, nenina, ¿cómo es que hoy vuelves tan pronto?

—Han suspendido el catecismo —mentí. Irene había decidido que mis salidas hasta horas tardías tendrían siempre excusas parroquiales propias de mi sexo, que doña Asun era demasiado perezosa para investigar—. Parece que va a haber tormenta, y nos han mandado a todas a casa.

Sobresaltada, doña Asun requirió a Irene para que retirara del huerto la ropa que había puesto a secar.

—En cuanto termine —replicó Irene, con calma—. Todavía falta para que empiece a llover.

—Y tú, guapina, ¿cómo lo sabes?

—Irene vive casi en el campo —intervine—. En Horta tiene lechugas y tomates.

—Algo rústica sí que lo eres —convino doña Asun.

—Hace mucho calor —dijo Irene. En efecto, un bochorno singular algodonaba el aire—. Te da tiempo a bañarte antes de que estalle.

Las primeras gotas me sorprendieron cuando estaba enjuagándome con el agua fría que manaba de un grifo asegurado por una cuerda. Para nuestro aseo, Irene y yo utilizábamos el lavadero, que estaba cubierto por una descuidada parra de la que pendían racimos apretados de una uva verde y ácida que no servía para comer pero atraía a las avispas. Irene me había enseñado a bañarme moviéndome poco para no provocarlas, y yo estaba aclarándome con sigilo, con la cabeza alzada y la vista fija en un insecto amarillo y negro que zumbaba entre las pámpanas, cuando una gruesa gota me cayó en un ojo y en seguida el andamiaje de la parra empezó a crepitar, y los estallidos del agua abrieron en la tierra pequeños cráteres que pronto rebosaron. Salí a todo correr y me dirigí hacia el interior de la casa, envuelta en una toalla.

Irene venía a mi encuentro por el pasillo, trayendo consigo un jersey grande que me servía de bata. Durante unos momentos permanecimos en el umbral, ella arrodillada ante mí frotándome el cuerpo y el pelo, y yo sintiendo que la lluvia nos acercaba. Me dolía el corazón de tanto como la quería en aquel momento.

—Vamos a cerrar la puerta del palomar —dijo—, que hay mucha corriente.

La seguí por primera vez escaleras arriba, hasta el altillo al que nunca me dejaba subir a causa del precario estado de los peldaños. La puerta daba bandazos al viento. La prima me tomó de la mano y avanzó hacia el interior del desván, que estaba lleno de cagadas de paloma y de plumones sucios que se pegaban al suelo de tablas. Crujió la madera podrida, mientras avanzábamos con precaución hacia la ventana desnuda, puro agujero en cuyos ángulos las telarañas parecían espesas axilas.

El viento y retazos de lluvia nos daban en la cara pero no retrocedimos, cautivadas por el espectáculo del campo abierto estremecido bajo la tormenta, de los árboles convertidos en sombras tras la espesa cortina de agua. A nuestros pies, la barranca era un simple trazo oscuro en el mar verdoso, y, a lo lejos, pero mucho más cerca que cuando la había entrevisto en casa de Diego, una herida roja, amarilla y azul, desgarraba las nubes a intervalos regulares y lanzaba una bocanada de fuego.

—Qué hermosura —murmuró Irene—. Parece mentira que sea tan precioso algo que puede causar tanto daño.

Los gritos de doña Asun nos hicieron regresar. Irene apuntaló la puerta y bajamos en silencio.

—Se ha ido la luz —se quejó la mujer, cuando aparecimos en la sala—. No te habrás olvidado de comprar velas.

Aún faltaba mucho para que oscureciera, e Irene sacó unos cirios como de iglesia, pero más pequeños, de uno de los cajones del aparador, y los colocó en botellas vacías, a falta de palmatorias.

—Vamos a cenar pronto, aprovechando la luz natural —ordenó doña Asun, encantada por disponer de un pretexto para adelantar la comida.

Ayudé a Irene a pelar patatas y luego me dejó batir los huevos para la tortilla. Cenamos deprisa y pronto doña Asun empezó a dar cabezadas y se fue a la cama. Después de recoger y limpiar,

muy someramente, a la luz de las velas, Irene me
preguntó si quería dormir con ella.

—¿Te dan miedo los truenos?

—No lo sé. En la ciudad, no.

—Bueno, por si las moscas.

La casa se estremecía como si fuera de juguete cuando nos retiramos, la prima sosteniendo
una vela de llama temblorosa y yo detrás, cogida a
su cintura. Nuestras sombras planeaban en el techo. Sentí un exquisito escalofrío, mezcla de placer y temor, cuando Irene hizo que me metiera en
la cama mientras ella se preparaba. Con un camisón de florecillas cubriendo su cuerpo amucha-
chado, se sentó ante el espejo de la cómoda y se
soltó las trenzas. La luz vacilante agrandó su silueta, y el cabello negro y espeso, que le llegaba a la
cintura, enmarcó su rostro sensible, que el sol había cubierto de pecas. Parecía más joven de lo que
era, mi hermana mayor.

El cuarto de Irene era el más pequeño, pero
en la cama había bastante espacio para dormir las
dos sin tocarnos. Pese a ello, nos abrazamos, sin
hablar, contemplando los dibujos huidizos que la
vela trazaba en el techo, escuchando la plenitud
de la tormenta. Su piel olía muy distinta de la de
mi madre, que recordaba como si hubieran trans-
currido siglos desde que me apretaba contra su
pecho, en los tiempos en que parecía que sólo la
brutalidad de mi padre se oponía a que fuéramos
felices. Me retrotraía a una noche en que la acome-
tida habitual que tenía lugar entre ellos resultó

tan desmedida que mi madre salió conmigo en brazos de la habitación de realquiler que entonces ocupábamos en la calle del Carmen, y le pidió a la dueña del piso que avisara a Amelia. La tía vino a buscarme y me llevó a su casa, mientras la patrona y mi madre trataban de impedir que el Paisano destrozara el mobiliario.

Aquella noche, en la cama entre Amelia e Ismael, lloré amargamente por estar lejos de mi madre. En cuanto amaneció, ella misma vino a buscarme. No sé bien qué edad tenía entonces, pero era lo bastante pequeña para que cargara conmigo todo el camino de vuelta. Fuimos por la Rambla, y en los puestos de flores, todavía medio cerrados, había hombres colocando racimos de ramas floridas, bellísimas e inesperadas en pleno mes de febrero. «Son ramas de almendro», dijo mi madre.

Ahora, con Irene al lado, superpuse la reciente imagen de la tormenta vista desde el palomar a la magnificencia de las flores de almendro en el rigor del olvidado invierno, y las palabras de Irene sobre la belleza que acompaña al dolor sirvieron para que torpemente evocara, en ella y en el tío, aquella rara mezcla de felicidad y aprensión. Irene se incorporó, sopló la vela y, con el pulgar y el índice mojados con saliva, apretó la mecha para paliar el olor.

—¿Tienes ganas de toser? —preguntó, después de besarme.

—Qué va, Irene. Respiro muy bien.

—Te has curado, seguro. Verás qué contento se pone el tío.

Se volvió sobre el costado izquierdo, encogiendo las rodillas, y me dio las buenas noches, pero un rato después volvió a hablarme.

—¿Duermes?

—No.

—¿Quieres que te cuente un cuento?

Hacía mucho tiempo que mi madre había dejado de hacerlo, y no me apetecía gran cosa, pero tampoco quería que se durmiera. También supuse que Irene debía de tener la costumbre de contárselos a Tomeu, y que esa noche se acordaba de su hijo.

—Érase una vez —empezó, y sonreí en la oscuridad, impelida por un dulce movimiento interior de retroceso— una niña muy buena que vivía en una cabaña en el bosque, con su madre, y estaba muy sola porque, cada mañana, su madre se iba a los pueblos cercanos a vender frutas, y la niña se quedaba en la cabaña, rodeada de árboles, en un país en el que siempre era invierno.

—¿Cómo se llamaba la niña?— pregunté, porque era lo que solía preguntarle a mi madre.

—¿Cómo quieres que se llame? —esto me sorprendió, porque los relatos de Mercedes venían con un nombre puesto, y no me daba opción.

—¿Podemos llamarla Manuela? —me abracé a su espalda.

—Claro que sí. Como te decía, Manuela se encontraba muy sola en aquella cabaña, y miraba por la ventana esperando que apareciera alguien que la salvara.

—¿Un príncipe? —seguí con lo convencional.

—Manuela sólo deseaba que alguien llegara hasta ella para hacerle compañía, alguien que la ayudara a soportar los crujidos burlones del Señor Bosque, el rugido aterrador del Señor Viento y el llanto desconsolado de la Señora Lluvia que, como ahora nos está ocurriendo a nosotras, asediaban la cabaña y la hacían temer que se la llevarían volando hacia la oscuridad. Un día llamaron a la puerta y Manuela, desde el interior, muerta de miedo, escuchó una voz desconocida: «Manuela bonita, Manuela solita, atrévete a abrir la puertecita».

—¿Abrió la puerta?

—No, pero aquella tarde, cuando la madre regresó, Manuela le ocultó lo que había pasado. Durante varios días, los golpes se repitieron, a la misma hora, y la voz no dejó de pronunciar las mismas palabras: «Manuela bonita, Manuela solita, atrévete a abrir la puertecita». Y cada vez era más dulce, más irresistible. Tanto le gustaba aquella voz que, al final, Manuela desobedeció a su madre y abrió, a pesar de que estaba temblando de miedo.

Yo también sentía miedo ahora, un miedo de mentira, excitante, que hacía que me aferrara a Irene con todas mis fuerzas, esperando que siguiera el relato y no hiciera como mi madre, que se interrumpía en lo mejor y dejaba el resto para otra noche.

—En la puerta había tres cerrojos. Manuela retiró el primer cerrojo, que era para conjurar los crujidos del Señor Bosque, y misteriosamente los crujidos cesaron. Retiró el segundo cerrojo, que servía para defenderla del rugido del Señor Viento, y éste enmudeció. Vaciló un momento, antes de descorrer el tercer cerrojo, que era el que detenía el llanto de la Señora Lluvia, y haría que la puerta se abriera sin remedio, y la voz suplicó de nuevo: «Manuela bonita, Manuela solita, abre de una vez la puertecita». Manuela retiró el último cerrojo y se quedó inmóvil, porque ahora el silencio era total. Dudaba entre abrir la puerta o esperar a que lo hiciera el desconocido.

—¿Y qué hizo? —pregunté, en ascuas.

—Abrirla, porque era una niña valiente, aunque ella no lo sabía.

—¿Era el príncipe? —insistí—. ¿O una bruja mala?

—Cuando Manuela abrió, vio que al otro lado había dejado de ser invierno, hacía mucho sol, los pajaritos cantaban y ella nunca más tendría miedo.

—¿Y no había nadie?

—Nadie en absoluto. Nunca hay nadie, Manuela. Sólo los cuentos que nos contamos, que cuando son de miedo nos hacen ver fantasmas, y cuando son de esperanza también, pero al menos, en este último caso, nos obligan a salir, y así es como nos ocurren las cosas reales que forman una vida.

—No se parece en nada a los cuentos que yo conozco —murmuré, desconcertada, porque no lo acababa de entender.

—¿Porque no sale un príncipe?

No respondí a lo que, más que una pregunta, parecía un comentario que me desorientó tanto como el cuento: algo se movía bajo sus palabras, algo que yo no sabía atrapar.

El pueblo se puso en fiestas el sábado anterior a la Virgen de Agosto, día del santo de doña Asun —que ella llamaba onomástica, del mismo modo que mandaba cortar flores no para el jarrón, sino para el búcaro—, pero los preparativos empezaron el viernes. En la calle principal se instaló un mercadillo en el que se vendían desde sostenes hasta cacerolas, y en los aledaños del cruce brotaron de la noche a la mañana un tiovivo, unos autos de choque, un tiro al blanco, y una barca azul y blanca que era un columpio y tenía una sirena de roja cabellera en cada extremo, y que, si te subías, un hombre te mecía hasta casi ponerte boca abajo. También instalaron una parada de churros, que pringó el aire con su humo de aceite, y varios puestos de golosinas. Parte de la calle se techó con cenefas de papel de colores y se improvisó una especie de estrado para que tocara una orquesta: el sábado se inauguraría el baile. Era como la fiesta mayor de Gràcia, sólo que con menos cosas, pero a mí no me importaba. Estaba loca por compartir todo aquello con Diego.

No me fue fácil. Diego presumía de no haber participado nunca en los festejos, según él mucho menos interesantes que las exploraciones a las que se entregaba, y se resistía a merodear conmigo entre los hombres que se afanaban en torno a los tenderetes y barracones haciendo los últimos preparativos, sacando objetos y telas brillantes de sus vehículos —viejas camionetas pintarrajeadas, carros tirados por mulas que meaban sin inmutarse—, ayudados por mujeres chillonas que no paraban de reír y de gastarles bromas. Se me ocurrió que, tal vez, a mi amigo no le gustaba la feria porque no tenía con quién ir, ni dinero para pagarse las atracciones. Resultaba perturbador pensar que, a su lado, yo era rica, porque Irene me daba un par de duritos cada semana, y casi seguro que, para la feria, podía pedirle un poco más. Si conseguía que Diego viniera conmigo haría que se divirtiera, para que cada año tuviera otra cosa apasionante que hacer, aparte de sus correrías por el campo. Como sabía lo orgulloso que era, me guardé mucho de contárselo así, y el viernes por la tarde, según salíamos de su casa con la rebanada de pan y mermelada de melocotón en la mano, me limité a comentar:

—Me parece bien que no quieras ir a la feria, pero no te hará ningún daño acompañarme a ver cómo está quedando. Me da vergüenza ir sola, hay muchos forasteros.

Siguió comiendo, sin decir nada, pero al poco sus pasos tomaron la senda del cruce, e hice lo posible para que no se diera cuenta de que sonreía.

Los dueños de la fonda habían colgado banderitas del toldo y sacado a la calle un mostrador hecho con listones de madera y varios caballetes, para vender cerveza y el nuevo refresco americano, que sabía a zarzaparrilla pero picaba más en la nariz, y que se anunciaba en una gran placa metálica, de un brillante color rojo, en el que una sonriente rubia, parecida a la Betty Grable, invitaba: «Beba Coca-Cola».

No fue la visión de la rubia lo que me hizo respingar, sino el cartel con el programa de festejos que aparecía junto al anuncio, pegado a la pared. Leí despacio: pregón del alcalde, misa solemne, carrera de sacos, gran rifa de un pollo, competición de sardanas, y un concurso de bebedores en porrón gigante. En la mitad inferior del cartel, en letras más grandes, figuraba la lista de atracciones que amenizarían las noches desde el sábado hasta la clausura, el jueves de la Asunción, con «un formidable Ball de Rams». Seguí leyendo, aunque sentía a Diego impacientarse a mi lado: la singular pareja flamenca formada por tal y tal, el conocido vocalista fulanito, acompañado por la orquesta no sé qué, el insuperable imitador zutanito, y así hasta llegar a la última noche. Tuve que leerlo varias veces.

—«El internacional Conjunto Frenesí, recién llegado de Cuba, con la escultural primera figura Perla Antillana, la reina del Caribe, y sus ritmos tropicales, pondrá un broche de oro a los magnos actos» —repetí, en voz alta.

—¿Y qué? —Diego se encogió de hombros, malhumorado.

Me eché a reír.

—¡Son vecinos míos!

Me miró con curiosidad, y comprendí que debía aprovechar para cautivarle con un relato digno de competir con los suyos. Nos sentamos sobre unos tablones que en aquel momento nadie parecía necesitar, cerca de la barca columpio, y se lo conté. Aunque no perdía el hilo de la narración —cuando le dije lo que ponía el letrero que el doctor Morales tenía en el balcón me interrumpió, con expresión de entendido: «¡Sífilis! ¡Como el del lavadero!»—, me di cuenta de que dirigía ojeadas furtivas a las diversas atracciones. Y supe que iríamos juntos a la feria.

El sábado por la mañana acompañé a Irene a hacer la compra y, de paso, fuimos a telefonear desde la fonda. Le aseguré a mi madre que me sentía muy bien, que creía que estaba curada, y me pareció oírla llorar, no como solía hacer cuando se compinchaba con la tía, sino para ella misma, como cuando veía en el cine una película de amor que terminaba bien. Luego se puso Amelia. No, el tío no estaba y no había dicho nada de venir a vernos, añadió, y sin más empezó a hablar de la prima Paquita, que ya no iba a tener a su hijo porque la cigüeña —inesperado eufemismo, dada la brutalidad con que hablaba delante de mí de estos temas: ahora supongo que su miedo al teléfono la volvía delicada—, después de lo que ocurrió la noche del frustrado suicidio, había dado media vuelta y había decidido llevárselo otra vez a París.

—Si la vieras, no la conocerías. Se ha puesto guapísima, ah, y ya no tiene de novio a Ramiro, sino a un comerciante del Barrio, el de la tienda de Go...

Oí a mi madre proferir una exclamación. Se puso al teléfono. Me hizo las amonestaciones de rigor, y luego quiso hablar con Irene. La prima la escuchó sin decir palabra. Por último, les dio recuerdos para su propia familia y colgó. Íbamos cargadas con las bolsas de la compra, pero reemprendimos el camino de casa a un paso tan ligero que me costaba seguirla. Me pareció que quería alejarse a toda prisa del lugar donde quizá había recibido una mala noticia.

—¿No va a venir el tío? —me atreví a preguntar, tras un silencio eterno.

Me había hecho muchas ilusiones, entre otras, que me llevara al baile el jueves por la noche, para presumir ante Diego de mis amigos artistas.

—No lo sé —replicó, ceñuda—. Hace dos días que no le ven.

Su rudeza me sorprendió tanto como la mención de la cigüeña por parte de mi tía, sólo que al revés. Irene nunca se ponía de malhumor, o, por lo menos, no se lo hacía pagar a nadie.

—¿Le ha pasado algo malo? —insistí, tratando de que no notara que estaba a punto de echarme a llorar.

Se detuvo y sonrió.

—No —sacudió la cabeza, reiniciando la marcha—. No te preocupes. Ya sabes cómo son en tu casa. Probablemente le hicieron una escena, se enfadó y decidió escarmentarlas. No te preocupes, Manuela. A tu tío nunca le pasará nada malo.

Su última frase me dejó confusa como lo del príncipe, la noche del cuento. Porque, aunque su contenido resultaba tranquilizador, el tono con que la pronunció se parecía demasiado al que empleaba mi madre cuando se refería al Paisano.

Una vez en la torre, volvió a ser la Irene serena y risueña. El humor de doña Asun también había mejorado, e incluso llegó a insinuar que sería una buena idea prolongar nuestra estancia en el pueblo hasta mediados de septiembre.

—Al fin y al cabo, me lo puedo permitir. Cuanto más tarde, más me echará en falta mi bucanero —dijo—. Aunque tú ya te podrías ir, nenita, hay que ver lo bien que te has puesto.

No suponía cómo me desazonaba la idea de volver al Barrio, ni cuánto deseaba que sucediera algo inesperado que nos obligara a quedarnos allí para siempre, a condición de que Ismael nos visitara a menudo. ¿Dónde se habría metido? Al ver que Irene no parecía preocupada, enterré la desazón que el descubrimiento de su capacidad de rencor me había producido. Y pensé que tenía razón, que a él nunca le pasaría nada malo. Sabía tanto de todo, se desenvolvía tan bien en cualquier situación: era esto, sin duda, lo que mi prima había querido decir.

Además, estaba la feria. Como había intuido, Diego dejó de hacerse el remolón en cuanto le propuse que subiéramos a la barca, y luego al resto de las atracciones, gracias al dinerillo que Irene me había dado a escondidas y a que doña Asun, poco proclive a mezclarse con el populacho, no puso los pies en el recinto ni una sola vez, ni se sentó en la calle con las otras mujeres, que se traían una silla de casa y permanecían hasta la madrugada, tomando el fresco, charlando entre ellas. Las únicas ocupaciones de la gorda consistían en elegir el vestido que iba a ponerse para ir a misa a Montserrat, mandar una y otra vez a Irene al remendón para que le ensanchara en la horma sus zapatos nuevos —«No, guapina, no, todavía me aprietan. Que los tenga un día más», protestaba, desencajándoselos con cara de Dolorosa—, y mostrarnos repetidas veces la mantilla blanca que pensaba lucir y que, según ella, perteneció a Eugenia de Montijo:

—Ésa sí que se casó bien, nenita, nada menos que con Napoleón Bonaparte, el que llevaba la mano en el pecho, dentro del chaqué.

Ninguna de las dos podíamos saber que, gracias a ella, pronto estudiaría suficiente historia como para diferenciar al Napoleón que conquistó Europa del que le regaló la mantilla a Eugenia de Montijo.

Aquel 15 de agosto, la puerta del paraíso se cerró a mis espaldas con tanto estrépito que no pude comprender que la abrupta clausura de nuestro veraneo no era más que el inicio de la desaparición de algo más importante: mi infancia, mi inocencia, y la delicada trama de certezas a las que me asía con obstinación, para no sentirme a merced del viento. Pero era viento, viento y nada más que viento, lo que las sustentaba.

Hacía un calor que derretía las piedras, pese a lo cual doña Asun, que ocupaba el asiento vecino al del chófer, no permitió que éste se despojara de la americana.

—Faltaría más. Encima de que no lleva uniforme, ni gorra, va a quedarse en mangas de camisa. Para que crean que es mi marido.

Don Fernando, sentado a mi izquierda en la parte de atrás, sí que se la había quitado.

—Esta tarde juega el Español un partido benéfico, y yo me lo voy a perder —se quejó—. Para que luego digas que no me sacrifico por ti. Claro que, a lo mejor, terminamos pronto...

—No te hagas ilusiones. En mi onomástica, sobremesa larga y siesta. Faltaría más, malandrín.

Resignado, el hombre se hundió en el asiento.

—Bueno, al menos, durante la comida, podré hablar de fútbol con Ismael.

Porque el tío había venido, pero se había negado en redondo a acompañarnos a Montserrat. Iría directamente al restaurante en donde se celebraría la comida, o banquete, según doña Asun.

—Vaya con el tío Ismael. Es rojo —dijo la mujer, subrayando el comentario con un redoble de abanico.

—Rojo, no. Ateo —la corrigió don Fernando.

—Da igual, gente sin porvenir. Guapina, tienes una gran misión. Convertir a tu tío a la verdadera fe.

Aquello podía ir tanto por Irene como por mí. En la duda, las dos guardamos silencio, y por mi parte envidié a Ismael, que se encontraba en el pueblo, quién sabe si sentado a la sombra de un árbol. No había hecho comentario alguno, al llegar, sobre su ausencia de casa, limitándose a alabar con entusiasmo mi aspecto y a entregarme varios *Florita*. Doña Asun recibió de su cónyuge los correspondientes ejemplares de ¡*Hola!* —me estremecí pensando en la que me esperaba— y, como regalo por su santo, una gargantilla de oro y zafiros.

Y ahora estábamos en el coche, sofocados, porque la vieja se negaba a que bajáramos los cristales, por temor a despeinarse, lo cual era imposible porque, debajo de la mantilla, fijada mediante alfileres de perlas —auténticas: me las había hecho morder, para comprobarlo, como si eso significara algo para mí—, su pelo apelmazado formaba un casco protector.

La primera parte del programa se desarrolló con normalidad. Doña Asun, aunque sudando a ríos por tener que subir a pie, en plena solanera, la escalinata que conducía a la entrada del templo, no se quejó. Se sentía majestuosa, sobre todo porque llevaba encima más joyas que nunca, incluida la gargantilla. «Es una pieza muy antigua», había observado don Fernando, al dársela, «y el broche es auténtico, como veis, una rosita de pitiminí de diamantes, en miniatura». Tuve que cerrárselo, no sin esfuerzo, porque sólo yo tenía los dedos pequeños y finos que se necesitaban para ajustar tan delicada pieza. Además, el collar le quedaba algo estrecho.

—Si quieres, me la llevo a Barcelona y se la doy a Asensio, para que le añada unos centímetros —propuso el marido, en el coche.

—Ni hablar. ¿Profanar una joya como ésta con el trabajo de ese manazas? Ya no quedan orfebres que merezcan la pena, se pierde todo, las buenas bordadoras, no te digo ya las doncellas que sepan planchar con almidón como Dios manda, hasta la devoción se pierde. Parece mentira, un hombre como un castillo, y ateo. La llevaré tal como está, aunque me duela el cuello. Al fin y al cabo, me aprieta lo mismo que el corsé. Mira que ser ateo.

A pesar de mi aversión al interior de las iglesias, aguanté el oficio bastante bien, porque la música y los hermosos cantos de los niños de la Escolanía me distrajeron, y no me obsesioné con los yertos olores a incienso y cera. Tenía al lado a Irene, que de vez en cuando me tocaba disimuladamente para que no me equivocara al levantarme, sentarme, arrodillarme, persignarme y todas las cosas que tuve que hacer. Cuando los niños entonaron el *Virolai,* doña Asun asintió varias veces, sonrió y cerró los ojos, en éxtasis.

A la salida de misa, la mujer se detuvo en una tienda de recuerdos y eligió una Moreneta del tamaño de una frasca de vino para ella, y cinco reproducciones diminutas, una para cada uno de nosotros, incluido el chófer, que había asistido a misa con rostro impasible, aunque unas filas detrás de nosotros, obligado por doña Asun, bajo amenaza de no recibir propina.

—Lástima que sólo sea chapada. Me tienes que conseguir una de oro macizo, como la de verdad. Bueno, por lo menos está bendecida.

La dependienta dijo que lamentaba desilusionarla pero se trataba de una remesa que acababa de recibir y aún no había habido tiempo de echarle las bendiciones.

—Pues sí que tratan ustedes bien al cliente —bufó—. ¿No se da cuenta de que una de estas imágenes la quiero para que interceda por la conversión de un ateo? Y ahora, ¿qué? Si se muere y va al infierno, ustedes serán responsables. Vaya una forma de servir el género.

Dejó las imágenes en el mostrador y, volviéndose hacia don Fernando, le espetó:

—Vámonos al banquete, que tengo hambre. Lo dicho, me compras una de oro, y ya nos la bendecirá el Santo Padre.

Don Fernando adujo que era demasiado pronto para presentarse en el restaurante.

—Bueno, pues nos invitas a un aperitivo. Yo quiero ostras con champán. Y nada de Codorniu, Viuda Clicquot, o nada.

De nuevo en el coche, nos dedicamos a buscar las dichosas ostras. «En un mes sin erre, vaya ocurrencia», murmuraba don Fernando. «No digas tonterías, filibustero. Lo único que pasa es que son más difíciles de encontrar y más caras, y eso te fastidia.» Por fin dimos con una marisquería, en un pueblo relativamente importante cuyo nombre no consigo recordar. Doña Asun entró con aires de emperatriz y, señalando el mostrador con su índice picudo, exclamó, triunfante:

—¿Lo ves, hombre de poca fe? A mí no hay quien me niegue ostras en el día de mi onomástica.

Engulló su buena docenita, aunque tuvo que conformarse con Codorniu para acompañarlas, mientras los otros la mirábamos tragar, sin aceptar sus no demasiado entusiastas invitaciones para que las probáramos. Al terminar, se olió los dedos:

—Me da pena limpiármelos, porque me apetecen unas pocas más.

Cuando salimos de la marisquería, doña Asun, hecha un aleluya, se dejó caer en el asiento y le puso la mano en el muslo al chófer, cuya expresión seguía siendo indescifrable. Me daba ternura la pobre vieja, tan feliz por haberse comido aquellos bichos repugnantes.

—Lo mejor de las ostras es que tienen mucho fósforo —eructó, con coquetería, sin apartar la mano del muslo ajeno—, y lo peor, que nunca te encuentras una perla dentro. Con lo que a mí me gustaría encontrarme una perlgggggg...

Le dio tal apretón a su presa que el chófer se despistó y tuvo que enderezar a toda prisa el volante. Yo, atónita, observaba que el cogote de doña Asun se iba hinchando y amoratando a ojos vista, hasta convertirse en un par de butifarrones inmensos separados por la indestructible gargantilla. Ni Irene ni don Fernando, enfrascados en contemplar el paisaje por sus respectivas ventanillas, se percataron del cambio de color y volumen que se estaba produciendo delante de nosotros.

—Está *groggy* —advirtió el conductor, con el tono con que habría anunciado la presencia de un paso a nivel.

La mano que poco antes le oprimía el muslo caía, yerta e inflada, junto al cambio de marchas. Don Fernando hizo parar el coche, y la escena que a continuación se desarrolló, como todo lo que ocurrió aquel día, está grabada en mi memoria, porque la reconstruí infinitas veces cuando alcancé a comprender que determinó mi porvenir.

Don Fernando abofeteó con algo más que eficacia las mejillas abotargadas de su mujer, sin dejar de maldecir las jodidas ostras y la jodida costumbre de doña Asun de pedirlas fuera de estación. El chófer se apoyó en un árbol, limitándose a extraer un cigarrillo del bolsillo y encenderlo, con una calada que daba por sentado que él no entendía de intoxicaciones por ingestión de ostras. Irene reaccionó con rapidez: le arrancó la mantilla, le desabrochó el vestido y, en vista de que era imposible librarla del corsé —no había quién la moviera—, se puso a darle aire con el abanico.

Yo seguí dentro del coche, puesto que nadie parecía necesitar mi ayuda. Esperé un poco, antes de sugerir:

—La gargantilla. La está —busqué la palabra que habría utilizado mi madre— estrangulando.

No habían reparado en la joya porque ésta, simplemente, había desaparecido entre los dos neumáticos en que se había convertido el cuello de doña Asun. Con una exclamación cada uno —«¡La gargantilla!», gritó don Fernando, mostrando un aprecio muy superior al que le merecía su mujer. «¡Hay que quitársela!», gritó Irene, con sentido práctico—, se precipitaron hacia la gorda, que ahora era gordísima y azul, y trataron, infructuosamente, de meterle los dedos entre los pliegues.

—No va a llegar ni a la casa de socorro —dijo el chófer, pero nadie dio señales de oírle.

Era una pena que mi madre no estuviera presente, para una vez que alguien iba a asfixiarse de verdad. Entonces tuve una idea.

—Si he podido cerrarla, a lo mejor puedo abrirla.

Irene comprendió en seguida lo que había que hacer. Entre ella y don Fernando —él optó por la parte superior, y se ayudó tirando de los pelos de doña Asun— separaron cuanto pudieron los neumáticos, dejando a la vista la gargantilla con su cierre. Una gota de sangre empañaba los diamantes de la rosa de pitiminí, y tuve que secarme varias veces en el vestido el sudor que empapaba mis deditos de pianista, antes de conseguir abrir el diabólico broche. Separé la gargantilla de la piel, con cuidado, pero aun así no pude evitar que la mujer, medio desmayada, se estremeciera por el dolor. Se le había incrustado casi como la guillotina a la pobre María Antonieta, como diría ella.

—Es verdad que ya no se hacen joyas como las de antes —comentó don Fernando arrancándome la pieza de las manos y admirándola al trasluz—. ¡Ni un desperfecto!

Se la metió en el bolsillo del pantalón, dándose una palmadita de alivio.

—Ahora, a la casa de socorro —dijo.

El chófer volvió a sentirse en jornada labo-
ral e indicó un dispensario relativamente cercano.
Montamos en el auto, y en la primera gasolinera
me dejaron, con dinero para fichas de teléfono, el
número del restaurante en donde teníamos reser-
vada mesa, y el encargo de contarle a Ismael lo
ocurrido y pedirle que viniera a recogerme.

—Que tome un taxi, lo que sea, yo corro
con los gastos —dijo don Fernando—. Y que
anule la comida. Os vais al pueblo, y no os mo-
váis de casa hasta que volvamos.

Tardé un buen rato en localizar al tío, que
se había retrasado. No hizo ningún comentario.
Tampoco yo le dije lo que pensaba: que íbamos a
estar solos otra vez, como en los días del Barrio.
Me senté en un repecho, cerca de la carretera, y le
esperé, contando coches, hasta que me aburrí y
me puse a sumar los números de las matrículas.
Para cuando el tío llegó a la gasolinera, mi aspecto
debía de ser lamentable. Estaba cansada y hambrienta, pero nada más verle me recuperé. Él lu-
cía el aspecto de sus mejores días, limpio y fresco,
guapo como un artista de cine, y parecía de muy
buen humor. A lo mejor, me dije, es porque lo de
doña Asun puede obligarles a quedarse esta noche en el pueblo, y eso le permitirá estar un poco
más con Irene. A mí también me entusiasmó la
idea: así podría escaparse conmigo un rato, para
ir al baile a saludar a los miembros del Conjunto
Frenesí y presumir ante Diego de que éramos
amigos suyos.

No albergaba la menor duda sobre la continuidad de nuestra rutina en el pueblo, porque aquellas semanas de libertad, de auténtica niñez despreocupada, habían pulverizado mi habilidad para ponerme en guardia a fuerza de reconocer los más sutiles augurios que preceden a los desastres, parecidos —pienso ahora— a esos amenazadores compases que, en la ópera, se infiltran en la partitura para irnos predisponiendo a la tragedia que se producirá en la escena que sigue a un aria esperanzada.

Ismael hizo que el taxi se parara en el cruce. Eran más de las cuatro, en la terraza de la fonda no había nadie y la feria estaba desierta, salvo por unos operarios que colocaban los cohetes que rematarían los festejos. Entramos, y el tipo que medio dormitaba detrás del mostrador acogió malhumorado nuestra petición de bocadillos y vino con gaseosa.

—Si quieren sentarse ahí fuera, pueden hacerlo, pero no hay servicio de mesas.

El tío dijo que no importaba.

—Este infeliz querría estar haciendo la siesta, como todo el mundo —comentó.

Comimos en silencio. Ismael tiñó con un poco de vino mi vaso con gaseosa. Alguien conectó los altavoces del escenario cercano:

—Probando, uno dos tres, probando —era la voz del doctor Morales.

Me sobresalté. Había olvidado contarle al tío quiénes actuaban aquella misma noche.

—Sí —respondió, distraído, cuando se lo dije—. Ya me he fijado.

Su falta de entusiasmo me sorprendió. Apartó el plato que tenía delante, con los restos de bocadillo, y cruzó los brazos sobre la mesa. Me observó detenidamente, antes de preguntar:

—¿Sigues teniendo miedo de tu padre?

—No —tampoco me había acordado gran cosa de él, pensé.

—Tu madre y tú podéis estar tranquilas. Un amigo que trabaja en la comisaría de Doctor Dou me ha dicho que ha conseguido un empleo en Zaragoza. Parece que ha dejado de beber. Le aplicaron un seguimiento...

—¿Y eso qué es?

—Bueno, que después de lo que te hizo en el Corpus le han tenido un poco controlado, y me parece que le ha visto las orejas al lobo y ha decidido escampar.

Quizá era porque tenía que contarme lo de mi padre por lo que Ismael se había mostrado tan frío respecto al Conjunto Frenesí.

—Y otra cosa. Voy a matricularte en una academia para que aprendas comercio y mecanografía. Con lo lista que eres, en dos años sabrás lo bastante para colocarte en Can Vilardell, de aprendiza. Al fin y al cabo, vas a cumplir doce años. A tu edad, yo trabajaba en una sastrería barriendo suelos, y por la noche me quedaba a dormir debajo del mostrador. Así fue como aprendí el oficio.

Me sabía de memoria la historia de sus comienzos.

—Tú también empezarás desde abajo, pero en las oficinas. Si lo haces bien y sigues en la misma empresa, en diez años te harán jefa de sección. Conozco a algunas, y mandan mucho. No tanto como los hombres, claro, pero ganan lo bastante para no tener que depender de un granuja toda su vida.

Caminamos hacia la casa, bajo las cenefas de papel tan parecidas a las que adornaban mi calle el día del Corpus. Poco antes de llegar, sonaron a lo lejos las notas de un bolero, y reconocí la voz de Perla Antillana:

> *¿Por qué no han de saber*
> *que te amo, vida mía,*
> *por qué no he de decirlo,*
> *si fundes tu alma*
> *con el alma mía?*
> *Se vive solamente una vez,*
> *hay que aprender a querer y a vivir,*
> *hay que saber que la vida se aleja*
> *y nos deja llorando quimeras.*

Escuchamos en silencio.

—Es un ensayo —comentó al fin el tío—. Si no se la ve, pierde mucho.

No entendí si eso quería decir que por la noche iríamos, o que no. En todo caso, nunca lo descubrí. Al anochecer, el chófer pasó a buscarnos para llevarnos a Barcelona.

—La señora está fuera de peligro, pero la han ingresado en una clínica, para tenerla unos días en observación. Dicen que no es bueno que esté tan fati. Su marido y la chica han ido con ella, en la ambulancia. Me han dicho que os recoja, y que no os preocupéis por la casa. Sólo necesitan el maletín de doña Asun, el que tú sabes, y que cerréis bien con llave.

Tardé unos minutos en comprender que regresábamos al Barrio. Junté mis cosas y las metí en una bolsa, cerré la puerta del patio y la del palomar, y luego saqué del armario de doña Asun el maletín que contenía las joyas. Eché una ojeada para asegurarme de que no quedaba rastro de anillos o pendientes sobre la cómoda, la mesilla o la cama. El tío desconectó la luz, el agua y el gas, cerró la puerta y se quedó con la llave. La entera operación nos llevó menos de una hora.

Para salir a la carretera, puesto que la calle principal había sido cortada por las fiestas, tomamos un camino lateral, y eso nos obligó a pasar por delante del chamizo de Casilda. Estaba oscuro y silencioso. Imaginé a Diego —y todavía lo hago—, rondando entre las atracciones, frustrado y sin un duro, odiándome por haberle acostumbrado a divertirse en la feria.

—Espera... —mi estómago se cerraba como un puño, y no era sólo por Diego.

—¿Qué pasa? —preguntó el tío.

—No sé. Tengo la impresión de que me dejo alguna cosa— mentí.

—¿Regresamos?

—No, da igual. No es nada importante.

¿Qué podía decirle? ¿Que había visto en la casa algo que no encajaba, algo que me inquietaba y que ni siquiera conseguía recordar? La turbadora sensación persistió hasta que vi las luces de mi ciudad y comprendí que nunca más volvería al pueblo.

La precipitación con que regresamos al Barrio me dejó tan helada que no advertí hasta unos días más tarde los cambios que se habían producido durante mi ausencia. Las mujeres me abrazaron y besuquearon, y después la tía hizo que le contara con todo detalle el accidente de doña Asun.

—Se ha emperrado con que te debe la vida, quiere que mañana sin falta te llevemos a la clínica, dice que le das suerte. Irene se ha quedado con ella, le han puesto un catre en la habitación.

Permanecí con doña Asun los dos días siguientes, leyéndole revistas y dejándome exhibir cada vez que entraba una enfermera o venía una visita:

—He vuelto a nacer gracias a esta niña —afirmaba, y contaba la historia de la gargantilla, mostrando la señal cárdena que aún tenía en el cuello.

Poco a poco me acostumbré, por mi aptitud para meter las cosas en cajones. Cerré el que contenía lo vivido en las últimas semanas, el pueblo, Diego, y acepté la inmersión en los viejos olores del Barrio, las viejas costumbres. Volvieron el miedo al ridículo, las prohibiciones que debía respetar, los antiguos temores. Sólo la tos había desaparecido. Ahora podía dormir de un tirón, pero tampoco lo hacía. Me quedaba en la oscuridad durante horas, intentando averiguar qué me estaba pasando, por qué ya no me apetecía sentarme en el balcón a mirar, ni refugiarme debajo de la mesa, ni llevarme a Tomeu —que se había acostumbrado a quedarse en casa al menos un día a la semana, para ver a su madre— cuando me mandaban a comprar, para enseñarle mi Barrio secreto. Me estaba haciendo mayor, pero no apreciaba en ello ninguna ventaja.

No hubo más paseos con Ismael, en las semanas que siguieron, aunque él no dejó de salir a diario, y a veces regresaba muy tarde, por la noche. Una vez le pregunté cuándo escucharíamos tangos por la radio, y me dijo que el programa había sido suspendido hasta octubre. Por otra parte, observé que él y Amelia no se dirigían la palabra, y tampoco discutían. Se cruzaban en el pasillo, como dos transeúntes, y yo intentaba imaginar cómo sería dormir en la misma cama, bajo el cuadro del prendimiento de Jesús en el Monte de los Olivos, sin pelearse siquiera. No me atreví a preguntarle a mi madre qué les pasaba, y tampoco le comenté lo que el tío me había contado acerca de mi padre. Deseé que Ismael me mandara de una vez a la academia, para alejarme de casa unas horas al día, pero el tío nunca se refirió a nuestra conversación en la fonda del pueblo.

En una ocasión sorprendí a las hermanas cuchicheando en la cocina:

—Esa gata en celo —decía Amelia—. Ya se la puede ir quitando de la cabeza.

—Por las malas, él tiene todas las de ganar. Es un hombre y te conviene aguantar —susurró mi madre—. Al fin y al cabo, ni te pega ni te falta de nada.

—Es que pasa de castaño oscuro.

Se interrumpieron al verme, y fue su silencio, más que las pocas palabras que conseguí escuchar, lo que me puso en guardia. ¿Habían descubierto lo del tío con Irene? ¿Lo sabía Ismael? ¿Qué iba a pasarle a la prima? A la luz de este retazo de información, entendí lo que estaba ocurriendo en la casa: las escapadas sin control del tío, su aire ausente cuando trabajaba. Quería decirle que podía contar conmigo, que yo les ayudaría como lo hice antes, en los tiempos en que se citaba con ella en el puerto, pero no encontraba las palabras, ni el camino para retornar a la antigua complicidad que las hubiera hecho posibles.

Doña Asun, de nuevo en su piso, seguía entusiasmada conmigo —lo cual contribuyó a que las mujeres me trataran con cierta deferencia—, y me llamaba cada dos por tres para que le hiciera compañía. Empeñada en vigilar mi alimentación, para que no perdiera la salud recuperada en el campo, instauró la costumbre de que cenara en su casa, pero no en la cocina, como Irene, sino con ellos. Al terminar, se las arreglaba para que permaneciera

a su lado un poco más, leyéndole el *¡Hola!* o deján-
dola fantasear. «Tengo que enseñarte a jugar a la ca-
nasta, y al bridge», decía. «Son juegos de alta sociedad.» Y no paraba de insinuar que tenía preparada
para mí una gran sorpresa, mi regalo de cumpleaños.
Yo aprovechaba para espiar a Irene, que se movía con
la eficaz serenidad de siempre, aunque, como el
tío, también parecía estar pensando en otra cosa.

Una de aquellas noches, al volver a casa, me
sorprendió la agitación con que mi madre abrió la
puerta, e instintivamente repasé mi actuación del
día, para saber si me había ganado un bofetón.

—Menos mal que ya estás aquí —se tran-
quilizó, para mi alivio, y tiró de mí hacia la sala.

Parecían esperarme: el tío, Amelia y una
casi irreconocible Paquita, que llevaba un traje
ceñido y escotado, de artista, y los labios pinta-
dos del color de la sobrasada. Obedeciendo a mi
madre, me senté yo también.

—Qué alta estás —se admiró Paquita, al
verme—. Por mucho que me decían, no me lo
podía imaginar. Vaya potra que has tenido, primero el pueblo y...

No sentía el menor deseo de hablar del pueblo con la prima. Por suerte, intervino Mercedes:

—Escucha bien lo que van a decirte —advirtió.

—La tía Hortensia ha tenido un ataque
—dijo Amelia.

Del fondo más oscuro de mi cajón del Barrio surgió el recuerdo de Hortensia, con su re-

pugnante pelo en la verruga, su afición por el anís, su costumbre de masticar aspirinas y su pelo grasiento por el aliño de las ensaladas. Me resultaba tan indiferente como mi padre.

—¿Se morirá? —pregunté, aparentando interés, porque era lo que esperaban.

—Dios no lo quiera —respondió Amelia—, pero si lo quiere, sería lo mejor, para ella y para todos. Porque si se queda inútil y en el hospital se enteran de que tiene familia, nos la devolverán y tendremos que meterla aquí. ¿Comprendes?

Asentí, pero no entendía qué pintaba yo en todo aquello.

—Tu prima Paquita ha venido corriendo para avisarnos, y yo acabo de hablar por teléfono con la patrona para que llame a una ambulancia y les jure que está sola y desamparada. Tú podrías...

—Es que ahora, con mi nueva posición —la interrumpió Paquita, señalándose el vestido como si éste lo explicara todo—, ni hablar de cargar con la vieja.

—Y nosotros, ya ves —de nuevo Amelia se concentró en mí, animada por los gestos de asentimiento de Mercedes—. Bastante hacemos con teneros recogidas a ti y a tu madre.

Ismael, que no había abierto boca, tampoco protestó, como hacía antes, por la despectiva definición de nuestra situación en su casa. Abstraído, expurgaba de impurezas el montoncito de picadura que tenía en el hueco de la mano.

—Lo que queremos —prosiguió la tía—, para quedarnos tranquilos, es que vayas al Arco del Teatro y te quedes en la acera hasta que se la lleven. Nosotros no podemos ir —añadió, anticipándose a mi pregunta—, porque imagínate que la patrona nos ve y se arrepiente, y se va de la lengua. En cambio, de ti ni se acuerda.

Miré al tío, segura de que no me permitiría ir, o de que, al menos, querría acompañarme. Que supiera, a él tampoco le conocía la patrona. Y aquél era uno de los típicos enredos de las hermanas que, antes, solían enfurecerle.

—Yo tengo que irme dentro de media hora —dijo, y consultó su reloj—. He quedado en el Cosmos con los de la claque, para ver qué hacemos esta temporada. Ahora que ya no toses, alguna vez me podrás acompañar a ver una ópera.

Por alguna confusa razón, fue la invitación contenida en su última frase lo que peor me sentó. Parecía destinada a contentar a la niña que ya no era.

—Sabes dónde es, ¿verdad? —preguntó mi madre. Su aversión a dejarme visitar determinadas zonas del Barrio, en especial a aquellas horas, se había desvanecido.

—Claro que sí, mujer —dijo Amelia—, acuérdate de cuando Paquita se puso mala.

Llegué al mismo tiempo que la ambulancia. Grupos de curiosos se apretujaban en torno al portal, y no me fue difícil confundirme entre la gente. Dos hombres vestidos de blanco sacaron una camilla de la parte posterior del vehículo y se metieron en la escalera. Los curiosos intercambiaban comentarios como en una verbena. «Un viejo, es un viejo que se ha caído y se ha roto la crisma.» «No, qué va, es la borracha, la del marido que se suicidó en el tren.» «Pues a ver si la bajan, que mañana tengo que madrugar.» «A lo mejor la están reanimando.» «Mira que si no la pueden mover.» «Es que es en el último piso, y con lo estrechas que son las escaleras.»

Sus comentarios zumbaban en mis oídos, periféricos, sin contaminar el zumbido central que yo misma producía con mi voz interior, la voz de mis desdoblamientos, súbitamente reaparecida tras una larga temporada de inactividad. No soy quien creen que soy, no estoy aquí, sino en el pueblo, desciendo detrás de Diego por la barranca, él se vuelve a menudo para comprobar que todo va bien, sus ojos amarillos y afectuosos me sonríen, pero pensar en él me duele, y tengo que dejarlo, así que voy hasta el puerto y me siento en los peldaños, frente al mar, oiré de un momento a otro el canto del barco italiano, pero ni Irene ni Ismael se encuentran cerca, y de nuevo cambio de escenario, porque de repente comprendo que me duelen igual los momentos felices que aquellos que repudio —mi padre en comisaría, las riñas en la escalera, y esta espera de la tía moribunda—, y por eso, sin cerrar los ojos, me cuento una película, eso es, una hermosa película, y no estoy aquí sino en el cine, inmersa en el murmullo de expectación del público, pendiente de las peripecias de Escarlata en el baile a favor de nuestros heroicos soldados, Escarlata, que sigue el ritmo de la música con los pies sin observar el decoro que le exige su reciente luto por viudez. Está loca por bailar, y cuando Rhett ofrece una importante suma para que sea su pareja, los hombres reaparecen en el portal con la camilla que transporta a la tía Hortensia, tapada por una manta, y su cabeza cae hacia atrás, el pelo grasiento oscila como un péndulo, la cabeza se bambolea como la del pollo que mató Ismael, tiene los ojos en blanco, y de su boca, atrozmente abierta, brotan gemidos que escandalizan a los asistentes, cuyos murmullos de desaprobación aumentan de volumen, es una afrenta que Escarlata acepte la audaz invitación de Rhett, aunque qué otra cosa pueden esperar quienes han visto la película varias veces y saben que será capaz de robarle el novio a su hermana y quedarse con la serrería, por el bien de Tara, desde luego, aunque eso no impedirá que, al final, justo castigo, se vea abandonada, abocada quizá a morir sola como un perro.

—Estos viejos siempre acaban solos, como perros, no sabe una qué es mejor, si tener hijos o no —repitió la voz.

La mujer se encontraba a mi lado, pero no hablaba conmigo, sino con otra mucho más joven y tan igual a ella que parecía un espejo colgado de su brazo. Se dispersaron, como los otros, en cuanto la ambulancia arrancó, ululando. Yo caminé hacia la Rambla.

En la fachada de enfrente, el Cosmos era un rectángulo de luz turbia. Crucé el paseo con deliberada lentitud, con calma, y entré, sin que los camareros se fijaran en mí. No había rastro del tío ni de sus amigos. Al salir capté un gesto de muda simpatía en el hombre que se hallaba detrás de la barra. Movía la cabeza, como diciendo: vaya, otra cría que busca inútilmente al sinvergüenza de su padre, para arrastrarlo a casa.

Me tentó el pensamiento de no regresar, para obligarles a buscarme, a sufrir por mí, pero había dejado de ser la niña que observaba el mundo desde su escondite, debajo de la mesa. Tampoco era lo bastante mayor para que me contaran la verdad, ni para entender por qué nadie se daba cuenta de que me había convertido en una extraña.

En vez de seguir por la Rambla, me metí por Conde del Asalto, y me di el gusto de entretenerme mirando escaparates, espiando bares —en algunos había mujeres vestidas como Paquita, detrás del mostrador—, deteniéndome ante los puestos de bocadillos. Doblé por San Ramón. Allí estaba la tienda de petardos, cerrada, y me llené de nostalgia porque no volvería a apetecerme comprar bombetas a escondidas. El señor de la tienda de Gomas y Lavajes estaba en la puerta, apoyado en la pared, y parecía divertirse con la cháchara de un grupo de gitanas. Me quedé un ratito escuchándolas, pero apenas capté lo que decían. Me pregunté si el hombre aquél era el nuevo novio de Paquita, y cómo reaccionaría si me acercaba y le contaba que ahora éramos casi parientes.

Al cruzar la calle, en dirección a Marqués de Barberá, le vi. Nos separaban unos diez metros y venía hacia mí, sonriente. Ha salido a buscarme, me dije, y quise echar a correr y colgarme de su cuello, ebria de gratitud, pero la culpa que sentía por haber dudado de él me paralizó. Fue una suerte. En aquel momento, el tío Ismael pasó un brazo por los hombros de la mujer que caminaba a su lado, y los dos se perdieron en el interior de un portal, mal iluminado por las letras verdes que formaban la palabra «Habitaciones».

Alcancé el portal cuando las risas de la mujer se desvanecían en lo alto y sólo quedaba de ella su inconfundible estela perfumada. Y entonces recordé el inquietante detalle que daba vueltas en mi cabeza desde que salí del pueblo. Era la cama. La cama de doña Asun, que Irene había dejado hecha —sin una arruga, perfecta, tal como la vieja mandaba— antes de ir a Montserrat, y que aquella última tarde, cuando recogí el maletín con las joyas, aparecía con la colcha extendida de cualquier manera, con los faldones descompensados y las esquinas asimétricas, como si alguien hubiera tratado de recomponerla y se hubiera cansado a media faena, dejando en el colchón un penetrante aroma de violetas.

Con ingenuo rencor, pensé que a Perla Antillana, la mujer que aquella noche acompañaba a mi tío, hacer camas no se le daba ni la mitad de bien que a la prima Irene.

1987, otoño

Hay un principio para cada episodio de la vida, como hay un final, pero nadie es capaz de reconocerlo cuando se presenta, quizá porque vivir consiste en perder a menudo, ganar de vez en cuando, pero casi nunca en saber. Amamos sin razones, y sin razones, también, caemos en la indiferencia. Partimos, creyendo que la despedida ha sido consumada, para descubrir que el adiós aún sigue ahí, lento y desgarrador, inexplicable. Con igual falta de pericia confundimos la nostalgia por un sentimiento con el sentimiento mismo, y arrastramos durante más tiempo del necesario a difuntos que piden a gritos que se les eche tierra encima. No creo que el conocimiento acerca de lo que uno siente mitigue el dolor o intensifique el goce. Más bien al contrario, porque aleja del que sufre la esperanza e introduce en la felicidad el germen de la duda. Pero algo te da: la posibilidad de renacer entre las ruinas.

Yo no supe, no sé, y ahora, menos que nunca. Mi madre ha muerto sólo un año después de que lo hiciera su hermana, legándome la sospecha de que quiso seguirla, prefiriéndola a mí, una vez más. ¿O tuvo conciencia, en algún momento, de que su vasallaje, su ciega entrega a la voluntad de Amelia, condicionaron su comportamiento e, indirectamente, también el mío? ¿Supo que me había perdido, por qué y por quién, y alcanzó a lamentarlo? ¿Hubo fisuras en su aparente confianza en el personaje de hija amante, atareada y lejana pero solícita, mi primer sujeto de ficción, que inventé para que no notara hasta qué punto me resultaba indiferente? ¿Echó a faltar lo que pude haber sido para ella? ¿Qué nombre ha invocado al extinguirse, el mío o el de Amelia?

Todo ha ido muy deprisa. La firma del papeleo en la residencia, la espera en el tanatorio, el funeral y el entierro: liquidados en una mañana. Y luego me he quedado sola, con la bolsa de viaje en una mano y, en la otra, una vieja caja de zapatos, de cartón sucio y sobado, atada por una cinta de pastelería. En el cementerio, Núria Rius, directora de la residencia en donde Amelia y mi madre pasaron sus últimos años, se ha ofrecido para acercarme con su auto al aeropuerto, pero le he pedido que me deje en Colón. Hay una visita que debo hacer, he dicho.

Mentía. No tengo nada, no me espera nadie, en Barcelona. He trabajado concienzudamente, durante décadas, para convertirme en extranjera en el lugar donde nací. Cortas visitas, cuartos de hotel, excusas. Publico en una editorial madrileña, y Madrid es el escenario invariable de mis novelas. Mis primeras amigas pertenecen a la época del internado; a mis primeros amigos los conocí en la Universidad. Lejos. Todo cuanto deseé y pude tomar lo conseguí lejos de mi ciudad. De aquí únicamente obtuve carencias. Lo más irónico es que, ahora, las ausencias —mermas, privaciones, faltas:

se admite cualquier sinónimo— se ponen en pie, con una solidez irremediable, para reprocharme mi extranjería. No dispongo de un solo recuerdo posterior a los doce años que me una a esta ciudad. Por eso, mientras camino Rambla arriba, diciéndome que habría sido mejor aceptar la oferta de Núria Rius, trato de no reconocer el paisaje, de no fijarme en los cambios, de no comparar. Para no pensar más en lo que he estado pensando desde que, anoche, recibí la llamada de Jaime Sóller, desde Aix-en-Provence.

Si me esfuerzo y, metódicamente —como hago cuando empiezo una novela—, ordeno los materiales que han conformado esta mañana, en adelante tendré un recuerdo preciso ligado a mi ciudad, y tan posterior a la primera memoria como pueda serlo un recuerdo. El 22 de octubre de 1987 enterré a mi madre, en Barcelona, sí, en el cementerio de Montjuich, diré. Era un día ventoso y claro, empezaban a caer hojas de los árboles, no hacía frío ni calor, era uno de esos días mediterráneos que pueden darse incluso en pleno invierno. Tal vez diré que llovía, que la humedad de mi ciudad me atravesaba la piel. En mi evocación, Núria Rius ocupará un espacio prominente. Era como de la familia, diré, y repetiré sus prolijas explicaciones, la pericia profesional con que se dedicó a tranquilizarme. Dentro de la desgracia, me informó Núria —en el recuerdo usaré su nombre de pila—, puede estar contenta, porque no sufrió, murió mientras dormía, usted misma podrá comprobar que su expresión es serena, casi placentera. Fíjese que cenó con hambre, nunca perdía el apetito, incluso se quejó un poco porque no le dimos más que una taza de caldo y un yogur, no hacía más que repetir que su hija vendría a buscarla para sacarla a comer butifarra. Después de cenar se quedó un rato en la sala, quería ver la película de la televisión, pero las otras residentes se empeñaron en que pusiéramos un vídeo de zarzuela, y nos hizo llevarla al dormitorio, sin enfadarse, ¿eh?, desde que falleció su hermana no se enfadaba por nada. A la chica que la acompañó a hacer pipí, y que luego le puso el camisón y la acostó, le dijo que no tenía sueño, pero que prefería estar en su habitación, pensando en Clark Gable, fíjese. Un rato después tocó el timbre y pidió cerezas, no hay cerezas en octubre, pero en seguida se le olvidó y bebió un poco de agua. Recordaré.

Es cierto que se ha portado bien, Núria Rius, apacible cincuentona de la que Jaime Sóller —tan aficionado a buscar semejanzas con artistas— diría que es clavada a Angela Lansbury. Gracias a ella no he estado sola en el tanatorio, ni en el oficio, y la corona de flores que ha mandado hace compañía a la que ella misma encargó en mi nombre y ha incluido en la factura final: «Tu querida hija», letras doradas sobre una banda blanca que leo sin emoción mientras escucho al cura. Nos hemos reunido para rezar por Mercedes, nuestra hermana en Cristo Jesús, recitó el cura tras preguntarnos si el responso lo queríamos en castellano o en catalán, y durante unos minutos enumeró las virtudes que adornaban a mi madre, una perfecta desconocida para él, aunque no creo que yo lo hubiera hecho mejor. Sus palabras retumbaban en la nave casi vacía, y no pude evitar un sobresalto al reparar en la descarnada exactitud con que la frase final de su manido parlamento —a tono con el funeral elegido por mí en función de su brevedad, de entre los tres que me propusieron, sin misa ni comunión ni cánticos— resumía la vida de mi madre: «Aceptó con docilidad las tribulaciones que la Providencia le envió, y ahora su alma descansa en la paz de Dios Nuestro Señor». Núria Rius presionó mi brazo con su mano, pero —una vez más— no era el dolor lo que me conmovía, sino la patética insignificancia de la ceremonia, tan impersonal como la moderada misericordia del sermón, tan vergonzante como mis lágrimas, que no cesaban de brotar, pero no para ella.

Planifico el recuerdo que vendrá y camino por el centro de la Rambla, con mi bolsa y la caja, aparentemente examino con interés las vírgenes y cristos bizantinos que artistas callejeros dibujan en el suelo con colores chillones que no logran camuflar por completo las numerosas cagadas de paloma. Cualquier truco, antes que ejecutar el imprudente movimiento de cabeza que conduciría mi mirada hacia la derecha, en donde la visión del Cosmos provocaría fatales comparaciones; o hacia la izquierda, en donde, con seguridad, la entrada por Arco del Teatro me brindaría su conocido gran bostezo.

Pasado el doble peligro, me relajo, porque sé que no quedan limpiabotas en los soportales que dan a la plaza Real, y que la antigua casa Beristain ha sido invadida por un MacDonald's. Es una imprudencia bajar la guardia, lo advierto demasiado tarde, cuando ya no puedo evitar que la extranjera cruce la calzada y, sin titubear, atraviese el umbral de uno de los fragmentos de mi infancia.

Poco después, sentada ante una de las ruinosas mesas de mármol de La Castellana, aunque no tengo hambre, inevitablemente encargo al camarero que me sirva un poco de fuet, mojama y un vermú rojo, pero los sabores que mezclo en mi paladar se niegan a remontar la ruta de mi memoria, permanecen aquí, concretos, reales como la decadencia que arraiga en cada rincón del bar-charcutería, sorprendentes como la revelación de las modestas dimensiones del establecimiento. Debería sentirme satisfecha por la facilidad con que conjuro el pasado. No lo estoy. Aparto los platillos, tomo un gran sorbo de vermú, paseo el líquido por el interior de mi boca para que su densa dulzura elimine los decepcionantes sabores, trago y cierro los ojos. Si no me diera vergüenza, me cubriría los oídos con las manos, para que mi olfato rescatara, sin interferencias de los otros sentidos, el único rastro del pasado que, cuando consigue perdurar, no nos miente.

Una vaharada de vinos olorosos, envejecidos en madera, se abre paso, arrastrando consigo vetas de pimentón, islotes de fiambres, ráfagas de cecina, acidez de encurtidos, la viveza del limón diluido en jugos de conservas, un primario destello de salmuera, amagos de ahumados y de almendras fritas. Todo ello, y más, distingo sin abrir los ojos: grasa y carmín en las servilletas arrojadas al suelo, aceite de sardinas en lata que traza mapas satinados sobre papel de estraza, rancio sudor de jamones deslizándose en silenciosas gotas desde el techo. A medida que identifico la compleja galería olfativa, avanzo con mayor seguridad en dirección al punto rojo que se enciende y se apaga, se enciende y se apaga en la pantalla de mis párpados apretados, hasta que por fin la luz entra por mis narices y se desparrama, y ya no es una luz, sino un olor tumultuoso, oceánico, que incluye lo mejor y lo peor, la fetidez condensada del Barrio, la helada fragancia de la Rambla en un amanecer de febrero en que vi, por primera vez, ramas de almendro, la tibia piel de mi madre en un remoto tiempo bajo mis labios, la atmósfera impregnada de desinfectante de la consulta del doctor Morales, el humo picante de los churros y las manos con trazas de fango de Diego, las violetas de Perla Antillana, las páginas de *Florita*, que huelen distinto según sean en blanco y negro o color, el tufo sublime del papel prensado y apretado y amontonado en el almacén de Lorenzo, la colonia barata con que se repeinan los hombres que el sábado a mediodía se reúnen con Ismael en este mismo bar, y el jabón de afeitar del tío y la leve nube de nicotina que envuelve las puntas de sus dedos. Todo lo puedo oler sentada aquí, doblemente extranjera porque en esta ciudad no tengo presente, y porque ya no queda nadie con quien compartir el pasado.

El nudo de la cinta de pastelería se suelta con facilidad y, al retirar la tapa de la caja, los primeros objetos que veo —un pequeño devocionario con tapas de nácar, un rosario blanco— me desconciertan, pero no cabe duda, son míos. No sólo porque el librito tiene escrito mi nombre en su primera página amarillenta, y la fecha, 9 de septiembre de 1954, sino porque al palparlo siento, como aquel día, el peso de los cambios que se avecinaban, encarnado en las dos ceremonias a las que fui sometida de urgencia.

Enciendo un Ducados.

Por mi cumpleaños, doña Asun anunció —fue su regalo— que había decidido hacerse cargo de mi educación, y que no repararía en medios para convertirme en una verdadera señorita. Me dieron la Confirmación e hice la Primera Comunión en un tiempo récord —«Has vuelto a nacer, nenita», dijo la que en adelante sería mi benefactora, por utilizar una palabra dickensiana—, para que pudiera ingresar sin mácula en el internado de monjas de Pamplona al que los Nacionales decidieron enviarme.

Debajo hay documentos, y muchas fotos. El certificado de matrimonio de mis padres, el acta de defunción del Paisano, fechada en el 65, mi propia partida de nacimiento, doblada en cuatro.

Las fotos son casi todas mías. En aquella época, cuando ir al retratista era una especie de rito obligado en los grandes momentos, una foto dedicada no sólo constituía un gran regalo. Podía, también, sustituir lo real. Por eso yo le mandaba a mi madre, una vez al año, las fotos que un retratista artesanal de Pamplona me hacía al terminar el curso. Me acostumbré a pasar las vacaciones de verano en el colegio, con la excusa de que necesitaba estudiar mucho para ponerme al nivel de mis compañeras, o en casa de los Nacionales, que cerraron El Gran Damasco y se mudaron a Vitoria, para estar más cerca de mí. Sólo por Navidad mi cuerpo regresaba para representar la comedia.

Pocos meses después de mi ingreso en el colegio, una carta de mi madre me informó de que Feliu, el marido de Irene, había reaparecido. Ahora que, por fin, tenía un negocio propio, un pequeño taller mecánico cerca de Marsella, se atrevía a dar la cara y reclamar a su familia. Me alegré por Tomeu. Meses más tarde recibí una postal, escrita por el chico y firmada también por Irene. Y nada más.

Lo que siguió fue una sucesión de entierros, a los que nunca asistí, salvo cuando murieron don Fernando y, tres años después, doña Asun, dejando a su albacea instrucciones precisas para que costeara mis estudios de Filosofía y Letras. Tras la muerte de Palmira, dejé de tener noticias indirectas de la prima, que había roto todo contacto con mi casa y sólo se comunicaba con su madre. El tío falleció hace más de diez años, poco después de que le operaran de una úlcera que resultó ser un cáncer de estómago. Para entonces, yo estaba escribiendo una novela —creo que, precisamente, *El caso de la gargantilla asesina*—, encerrada en la casa que mi agente tiene en Menorca. Mi abogado se encargó de ayudar a Amelia y Mercedes en los trámites, y fue él mismo quien me aconsejó ingresarlas en una residencia, pero se negaron a abandonar el Barrio. Resistieron durante años, solas frente al mundo, unidas como siempre, desafiantes a pesar de la vejez. Una noche se les olvidó cerrar el gas, y comprendí que mi abogado tenía razón.

Sorprendentemente, adaptaron su capacidad de intriga al pequeño universo de la residencia, y creo que, a su manera, fueron felices allí. Las visitaba tres o cuatro veces al año, entre dos viajes. En verano las encontraba sentadas en la terraza, Amelia con un transistor pegado a la oreja y mi madre, dando de comer a los gorriones. Les llevaba mis libros, dedicados, y ellas presumían de parienta famosa ante las otras viejas, pero no creo que los leyeran. Cuando Amelia murió, de nuevo mi abogado me representó en el entierro, aunque me apresuré a reunirme con mi madre en cuanto me fue posible, y la encontré tan desconcertada que le compré una colección de películas antiguas, para que el tiempo se le hiciera más corto.

Repaso la impresionante serie de fotos mías que tenía Mercedes: en uniforme del colegio, con enaguas de can-can inflando la falda, metida en un vestido de línea H, en otro de línea trapecio, pasando de la adolescencia a la juventud, en cada foto más cercana a la que soy ahora, y, por fin, en la última que le mandé, hace sólo unos meses, más parecida a ella de lo que creo ser: la curva de la nuca, el rictus escéptico que marca el extremo izquierdo de mi boca. Mercedes se tomó la molestia de guardar mis retratos siguiendo un escrupuloso orden cronológico, de forma que me veo crecer a medida que voy vaciando la caja, de un rostro a otro, siempre el mismo y siempre distinto, me veo no como era, sino como creía ser: gráciles posturas de jovencita ilusionada, primeras poses de mujer que comienza a sentirse atractiva, interesantes miradas de profesional de éxito, en las fotos de promoción de mis libros. Bajo la máscara se percibe el lento trabajo de la verdad, la solapada erosión del tiempo, el flujo de la vida que acaba por vencer las apariencias y deposita, en esta última foto mía, la prueba irrefutable del vínculo que me une a Mercedes, más allá de su muerte y a pesar de mi vida.

Se acabó, y no dejo de pensar que mi madre ordenó su colección deliberadamente, para conducirme hasta aquí. ¿Es éste su mensaje de despedida? Sería muy propio de ella —de la Mercedes vampirizada por Amelia— subrayar la profunda ironía de que todos mis esfuerzos para alejarme de su influencia no han servido para neutralizar el mandato de la sangre. Pero la caja aún no está vacía del todo.

En el fondo, debajo de un engañoso rectángulo de papel de forro, hay otras dos fotografías. Una, grande y antigua, oscurecida por los años, muestra a mi madre en sofisticada pose. Envuelta en una especie de túnica vaporosa, se apoya de espaldas en una falsa columna griega, y sonríe. Sonríe con tanto amor y esperanza, que tengo que buscar en el dorso la fecha, los datos objetivos que me permitirán situarla en el tiempo y retrasar el momento en que el tamaño de su fracaso empezará a romperme el corazón.

Modern Studi Pellicer, leo. Ronda de San Pablo, 16. Teléfono: 1485 A. Barcelona. Debajo, el elenco de los premios recibidos por el artista en diversas exposiciones. Y una fecha: 1933. Mi madre tenía 20 años. Cuando miro de nuevo su imagen, distingo, escrita en tinta que casi ha desaparecido, una enigmática dedicatoria: «Al amor de mis amores, eternamente tuya. Mercedes».

En la otra fotografía aparezco yo. El pelo cardado y enlacado, los párpados ennegrecidos por el eye-liner, mofletes algo excesivos, muy anteriores a los Beatles y a la puesta en línea a que nos obligó Mary Quant mediados los 60. No necesito comprobar la fecha en el dorso. Eran también mis 20 años y estaba a punto de entrar en la Universidad. En mi rostro, que todavía no se parece al de Mercedes, destaca una sonrisa luminosa, impregnada de ilusionada confianza.

Ahora sé que mi madre pensó en mí hasta el final, y sé también que nunca dejará de maravillarme la sutileza con que la defraudada muchacha que aún respiraba entre los pliegues de su inexpresiva vejez actuó para que yo lo supiera. Aquí estoy, compréndeme. Mídeme con la vara de tu propia experiencia, no juzgues la derrota de mi vida con más severidad de la que usarás para juzgar la tuya.

Es su herencia, metida en una caja de zapatos. Que aprenda a amarla, como nunca la amé, por el camino de la compasión.

Había olvidado lo hermoso que es el sur de Francia en esta época del año. He venido de un tirón, parando lo justo en la frontera. El tipo que me ha alquilado el coche en Barcelona aclaró que lo puedo devolver en cualquier ciudad europea, excepto los países de detrás del Muro. Como suelo hacer para saltar por encima de la desazón de lo inmediato, planifico un viaje a París, quizá una escapada a Amsterdam. Puede que nadie quiera retenerme en Aix-en-Provence.

Aunque, si no quiere verme, ¿para qué darle su número a Sóller? En el bolsillo de mi gabardina, el papel en donde lo anoté anoche —poco antes de iniciar el viaje en cuyo destino final me niego a pensar—, desprende un calor tan cercano que no necesito tocarlo para sentir que sigue ahí.

Ha oscurecido del todo cuando entro en Aix-en-Provence. Dejo el coche en un aparcamiento público, y me meto en un bar-tabac. El teléfono está al otro extremo de la barra. Lleno un cenicero Ricard de colillas, mientras marco, una y otra vez, sin éxito. Al otro lado no escucho más que ruidos incoherentes, hasta que descubro que he estado marcando con el prefijo. Pido un café y me arrepiento, en este país el café es repugnante. Un calvados, por favor. Lo apuro de una vez, pago y compro una cajetilla de Gitanes. Compruebo, con alivio, que el teléfono ha sido ocupado. Un hombre de mejillas sonrosadas gesticula, parece tener para rato, pero cuelga, con un inesperado gesto de desaliento. Pido otro calvados, confiando en que alguien más se pegue al aparato.

Es difícil llegar hasta el final, y más si el viaje lo realiza una adulta endurecida que, pese a todo, no ha conseguido eliminar a la niña que lleva a cuestas. Ninguna de mis máscaras puede ayudarme hoy a superar la angustia. He sido, sucesivamente, una alumna aplicada, una universitaria brillante, una joven promesa, una escritora de éxito. Barreras que, al caer, dejan al descubierto a la solitaria mujer que aún no ha podido ponerse en paz. La historia de mi vida, desde que abandoné el Barrio hasta hoy, es como un abra entre dos montes, y la he cruzado sin mirar abajo, conjurando el vértigo como un excursionista novato, asida a las barandillas del frágil puente que yo misma iba fabricando a medida que avanzaba.

La segunda copa me da el valor que necesito para volver a escuchar la voz de Irene. Coge el teléfono en seguida, como si me esperara, y aunque su *Oui?* inicial me desconcierta —que su primera palabra, en más de 30 años, sea en francés—, aquieta el temblor de mis rodillas. Me explica cuál es el camino de su casa, que está en las afueras, dice, y pronto se echa a reír y añade que no importa, me perderé si lo intento, es mejor que ella pase a buscarme.

«Tardo veinte minutos», añade. Ocupo una mesa y trato de concentrarme en el ejemplar de *L'Equipe* que alguien ha dejado sobre la formica. Veinte minutos pueden ser eternos o muy cortos. O ambas cosas a la vez. Veinte minutos es todo lo que me queda para seguir mintiéndome. La Irene que fue, y que yo recuerdo, desaparecerá en cuanto ella atraviese la puerta. ¿Y si se ha convertido en una de esas personas que, de improviso, reparan en que tienen una parienta famosa y quieren satisfacer su mediocre curiosidad? ¿Es ahora una esnob, una ociosa burguesa florecida sobre las emociones de antaño? En realidad, me estoy preguntando si aún me quiere.

Pienso en la caja de mi madre, su silencioso mensaje guardado en el maletero del coche de alquiler, y me tranquilizo. Al menos, su herencia nadie me la podrá quitar. Permanezco con la cabeza baja, los ojos fijos en el lenguaje incomprensible de una crónica de fútbol, y así estoy cuando se abre la puerta y una ráfaga fría hace temblar las páginas del periódico. La puerta se cierra con un seco estallido.

Pese a la fidelidad con que creía evocarla, también había olvidado lo hermosa que es Irene. La cualidad principal de que se nutría su belleza, su serena dulzura, que en el pasado sólo la teñía de forma imperceptible, se ha apoderado de ella por completo, y es lo primero que noto cuando se sienta frente a mí, arropada por una fragancia silvestre que aligera la atmósfera del bar. Alarga las manos para estrechar las mías y observo las venas marcadas, los nudillos brillantes, los dedos afilados por la edad. Tampoco las mías son las manos de antes.

—No sé por qué presumo que a la gente le resulta fácil llegar hasta casa —me mira con avidez, pero sus palabras son intrascendentes—, y la verdad es que es un poco complicado, si no se conoce esto.

Probablemente, ella siente tanta aprensión hacia mis preguntas como yo temo sus respuestas. En el bar sólo hablamos del viaje. Se sorprende cuando le digo que he alquilado el coche en Barcelona, pero todavía no quiero hablarle de la muerte de Mercedes. No, no quiere tomar nada. Glosamos la esplendidez del otoño meridional mientras nos tanteamos la una a la otra. Me pregunto si también Irene tiene miedo a sentirse defraudada, y cómo haremos para salir con naturalidad de este limbo inquietante en que se ha convertido el bar-tabac: ignoramos qué antiguos vínculos siguen en pie, si es que aún hay algo entre nosotras, y es muy pronto para la certeza de que nada nos une.

—¿No has traído ropa de abrigo? —inquiere, señalando mi gabardina, doblada en la silla contigua—. Cuando se va el sol, hace un frío que pela. Te dejaré algo mío. Ahora tenemos la misma talla.

Por un instante, su preocupación por mi ropa hace que mi cuerpo se empequeñezca —me frota con la toalla en el umbral de una tormenta, desata y vuelve a anudar el lazo de mi cintura, me abraza con firmeza en la vieja fotografía—, pero su siguiente afirmación —«Ahora tenemos la misma talla»— me arroja de lleno a la validez del presente. «Ahora podemos entendernos.» ¿Es esto lo que quiere decir?

Mi Irene.

Caminamos, sin hablar, hasta el aparcamiento. Saco la bolsa del maletero, y la caja de cartón. Me dirige una mirada curiosa, pero no digo nada, y ella tampoco.

—Te he preparado la habitación de Tomeu. Desde que se casó y se fue a vivir a París no he dejado de pensar que, algún día, la ocuparías.

Mi Irene.

—Muchas veces estuve a punto de buscarte —añade, ya en su coche—. Pero no sabía qué pensabas de mí, en el caso de que me recordaras. Hace unos días vi que te anunciaban en el programa de la Semana de Novela Negra.

—Anulé mi participación. Por lo visto, no se dieron por aludidos. Suele ocurrir.

Conduce con aplomo, sujetando con destreza el volante. No fuma, dice, pero no le importa que yo lo haga.

—Al contrario —acota, sin mirarme—. El tabaco negro me recuerda a Ismael.

A quince minutos de la ciudad, gira a la izquierda, y los faros del Citroen iluminan los troncos atigrados de dos hileras de plátanos. «Esto es precioso, de día», dice.

Detiene el coche frente a una verja. Me entrega una llave.

—Anda, baja y ábrela tú.

Extiende su familiaridad, pienso, como una alfombra bajo mis pies, para que entre en su vida sin sentirme una extraña.

—Me he convertido en una campesina —sonríe—. Y me gusta. Cuando Feliu murió, todos me aconsejaron que vendiera esto. Empezando por mi hijo, quería que me fuera a París con ellos. Por suerte, no les hice caso. Soy feliz, con mi jardín y mi huerto. Además, tengo buena mano para cultivar la tierra.

Dos bolas color crema corren al encuentro del coche, entre ladridos. Brincan a su alrededor cuando Irene desciende del vehículo.

—Saca tu equipaje —dice.

No me apresuro. Todavía en el coche, enciendo un cigarrillo y la calada me llega hasta el cerebro. La observo mientras acaricia a los perros, que la siguen hasta la casa ondulando el lomo. Bajo la luz del porche, su silueta se recorta contra la fachada de la casa, cubierta casi por completo por la mancha rojiza de la yedra en otoño. Con la puerta entreabierta —los perros, rápidos, se cuelan en el interior—, se gira a medias y me mira, sin apremiarme.

La niña que llevo dentro trata de fantasear. El puerto, el mar, Ismael y yo, de la mano, acercándonos, y el barco italiano que nos conducirá al lugar en donde nunca se cometen errores. Dura poco, hasta que comprendo que no voy a hacerle preguntas, porque no necesito respuestas, y que da igual lo que pueda contarme de su verdadera relación con el tío, si se amaron o no, si ella le quiso lo bastante para perdonarle su deslealtad, si lo de Ismael fue traición o sólo una huida más, entre las muchas que le ayudaron a sentirse menos acosado. Ni siquiera deseo conocer la naturaleza de la función que me adjudicaron en su historia. Si es que hubo historia.

El largo viaje termina aquí y ahora.

Entro en la casa, cierro la puerta.

He aprendido a volver, y aprenderé a vivir.

Nueva York, 1994 – Torazo (Asturias), 1996

Este libro
se terminó de imprimir
en los Talleres Gráficos
de Mateu Cromo, S. A.
Pinto, Madrid (España)
en el mes de mayo de 1997